新潮文庫

仙人の壺

南伸坊著

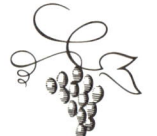

新潮社版

6724

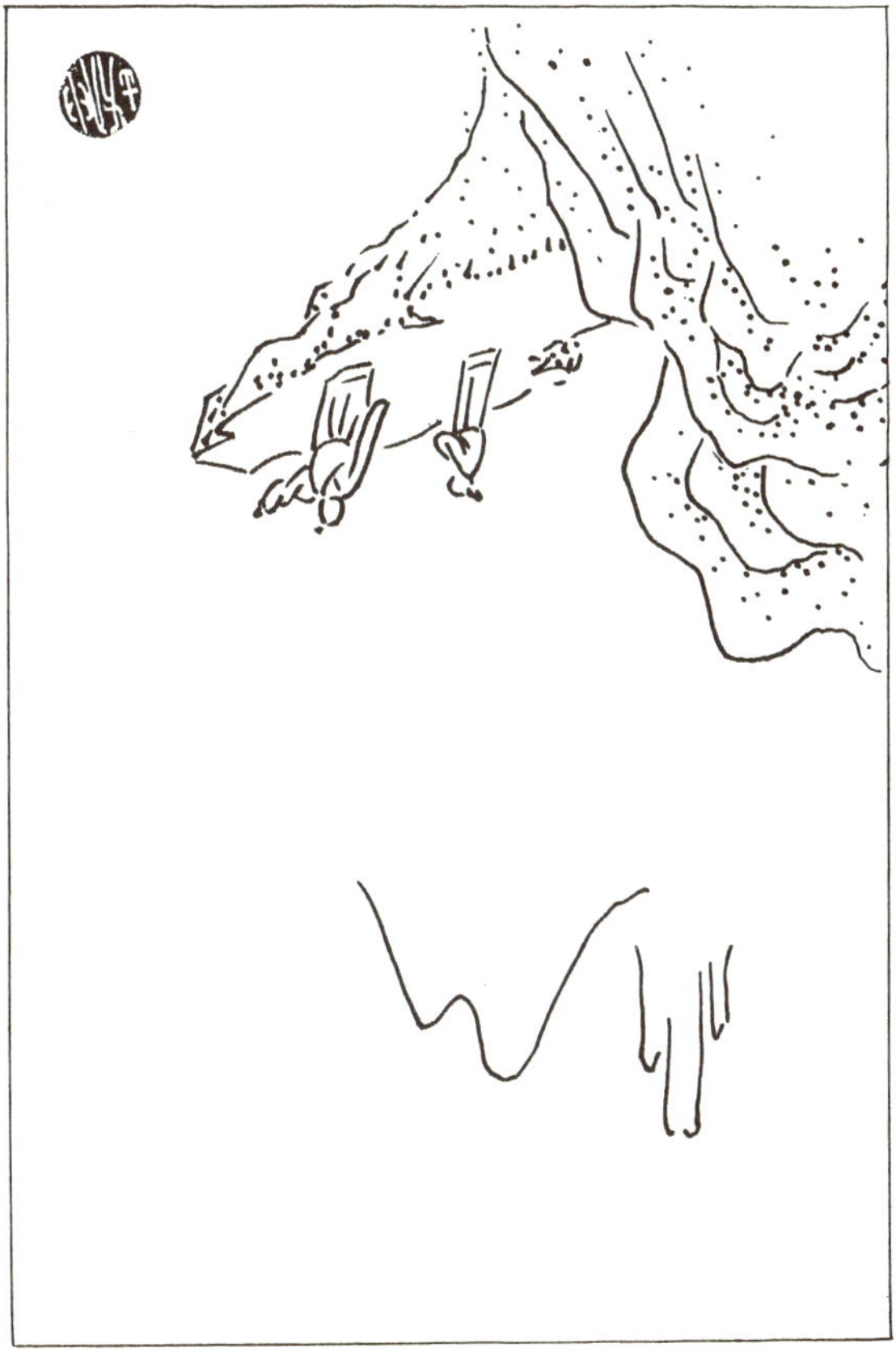

まえがき

中国の怪談には、奇妙なものが多い。読んだあとにポンとそこらに放《ほ》っぽらかしにされるような気分です。

私は、この気分がことのほか好きで、そんなものばかり捜して読んできたようです。

こうしたジャンルを、中国では「志《し》怪《かい》」とか「伝奇」と呼んでいます。「志怪」は怪を志《しる》す、「伝奇」は奇を伝えるという意味。

もともと、中国には孔子様という偉い方がいらっしゃって「怪力乱神」は語らず、ということにしてしまったもんだから、こういうジャンルというのは、いわば邪道の文になる。

しかし、だからこそ、中国人は怪しいこと奇妙なこと、ワケのわからないことを、ことさら好きなような気もします。

中国人の国民性として、合理性、現実肯定といったようなことが言われますが、人間ですから、そう一面的であるわけにいかない。そうした一面が強ければ強いほど、またその裏面のワケのわからなさというのも、それに比例しているのかもしれません。

私が、こういう奇妙な世界に興味を持ったのは、どうやらコドモの頃に、芥川龍之介の『杜子春《とししゅん》』という童話を読んだのが始まりだったと思います。以来、仙人や怪奇譚《かいきたん》に魅《ひ》かれて、芥川の『杜子春』の原典になる『続玄怪録《ぞくげんかいろく》』を読んだのはそれでも十代の後半でした。

本を読むのが苦手なタチですが、この系統のものは楽しくて、次々色々に読みました。

中島敦の『山月記《さんげつき》』というのも、国語の教科書などに載っているらしくて、変わり者の詩人が虎《とら》に変身して、その親友と邂逅《かいこう》する話はよく知られているようです。

私は『山月記』を読む前に、この話のもとになった『宣室志《せんしつし》』の「虎と親友」という物語の方を先に読んでいました。

中島敦の文章は格調が高く、その荒唐無稽《むけい》な話を、みごとに現代小説の形の中におさめた素晴しい名作ですが、依然として私の中では、前野直彬《まえのなおあき》先生が訳された、淡々とした記述の「虎と親友」の方が、ずっとピッタリくる。ここに登場するのは、近代人を介して、描かれる人物像ではなく、いちいち不条理におどろいてない現代からみると非常識な人たちであるところが、とても好みなのです。

『山月記』を既に読んで知っている人には、この『宣室志』の採録されている『唐代伝奇集2』(東洋文庫16 平凡社刊)を、お読みになってみることをおすすめします。

前述した芥川の『杜子春』も、この本にはのっていて、こちらは芥川の作と、ガラリと違っていることがわかって更におもしろい。これを読んだ時に、私は『杜子春』に魅かれながら、いまひとつ納得できなかった気分が断然スッキリ『続玄怪録』によって、納得できたのでした。

私が魅かれていたのは、大昔の、しかも外人である中国人と、現代の我々の感覚の違い、ズレであって、子供のための童話ということで芥川が、むしろ排除していったその部分だったのでした。

私は、漢文というのが苦手で、というよりあらゆる「学校の勉強」というのが苦手なもので、いまだにㇾだのㇾだのと記号のついた漢字の連なりを文章として読めないのであって、すべて日本語訳になったものを読んでいるのです。それをそのまま漫画の形に置きかえたにすぎません。

私は、ただ中国の「志怪」の世界で遊ぶ楽しさを、ともにしたいという気持だけで、漫画を描いたのであります。

本書を読んでくれる読者に、少しでも共感していただければしあわせです。

勝手に原作にした、テキストは、最後の漫画「息子の壺《つぼ》」の解題と、巻末につけた参考文献で、原典にあたることができるようにしてあります。

仙人の締切

修羊公《しゅうようこう》は魏《ぎ》の人である
華陰山上の石室に住んでいた

石の寝床は長い間にすり切れてすっかりくぼんでいた

ほとんど食事をせず
時たま黄精を取って食べる

ある時、山を下り
道術をもって景帝に用いられたい
と言っているのを聞きつけ

帝はこれを礼遇して王族の邸に住まわせた

が、数年たってもいかなる術もあらわさない

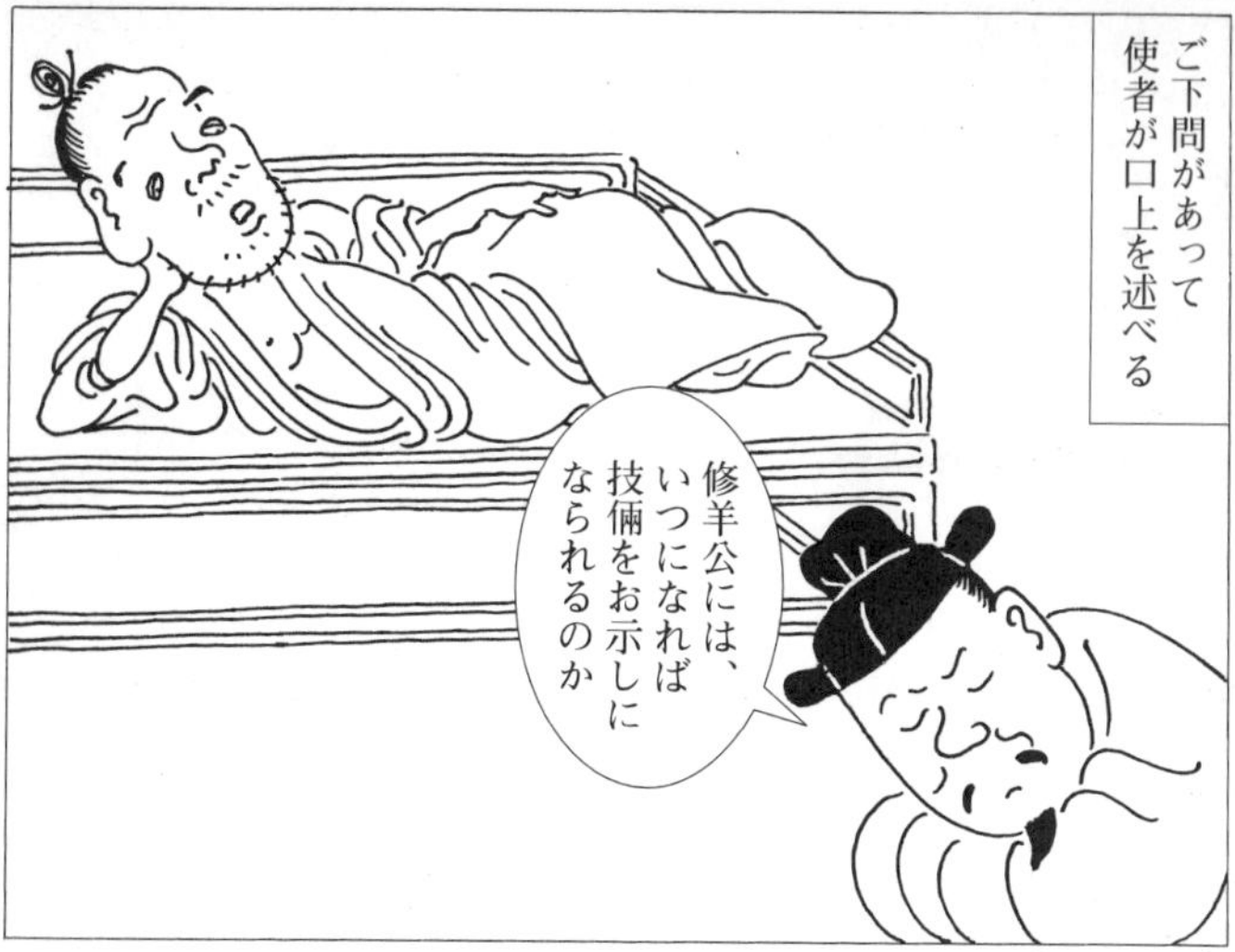
ご下問があって
使者が口上を述べる
修羊公には、いつになれば技倆をお示しになられるのか

と、言いも終らぬうちである

寝台の上で、たちまち化して白い石の羊になってしまった
修羊公謝天子
脇腹には謝辞が刻まれてある

その後、石の羊は霊台に安置されたが

しばらくするうち
どこへか去って
所在が知れなくなった
完
『列仙伝』より

蛇足1

締切をズルズル延ばす。というのは、書き手にとって気のもめることでもあるけれども、ある面、奇妙に解放感のともなうことでもあります。つまり、やらなくちゃいけないことがあるのに、やらないでいる、一種の贅沢《ぜいたく》感。

この、とぼけたような仙人の話は、『列仙伝』という紀元前六年ころに成った、仙人の列伝中にあります。

この本には七十人の神仙が集められていますが、私はこの「修羊公《しゅうようこう》」を最も気に入ってます。

いったいどういうつもりなのか？　自ら、「景帝に用いられたい」と山を下りてきたというのに、数年たっても何もしない。

そうして、ちょっと、

「どうなってるんでしょうか？」と聞いた途端に白い石の羊になってしまう。たしかに、それはそれで、めざましい術ではあります。だが、石の羊に化けたからなんだ？　と景帝（漢の孝景皇帝。在位前一五七—一四一年）は思わなかっただろうか？

せっかくなんだから、次回は象になったりキリンになったり、ワニになってくれてもよかろう、と思わなかっただろうか？

よしんば、そのようにしてくれたところで、いったいその「石の彫刻」に化ける術は、何の役にたつというのだろうか？

なんにもならない。この徹頭徹尾に、オトボケなところが、私が魅《ひ》かれるところなんですが、たしかに仙人でもなければ、こんなくだんないことはできないのが人間です。

しかし、こういう仙人のいたことを「記録」しておいた当時の人が、修羊公の無意味を評価したのでないことは確かでしょう。

文中に見えるのは、尊敬の念であって、話をナンセンスやアンチクライマックスにしたてようとはしていない。笑わそうとして書かれた文章ではないということです。

『列仙伝』が編まれた目的は、「不老長生が誤まりなき事実であることを説明するため、上古から三代秦漢《しんかん》に至るまでの神仙の事蹟《じせき》を述べて、集める」ことにある、と明記してあります。

水木しげるに「妖怪《ようかい》・小豆洗い」というのがありますが、この妖怪はめったに姿を見せることがなく、その「音」だけに人は遭遇する。谷川で小豆を洗うような、ショキショキ、ショキショキ、という音が聞こえてくる。妖怪・小豆洗いは、なにもしない。人に危害を加えることもしないし、だいいち、姿さえ現わさない。

するのは、小豆を洗うような音をさせるだけです。しかし、昔の人はこれを妖怪のしわざと感じたのであって、だれかの「表現」であろうと考えたわけじゃない。

昔の人と我々とでは、考えかたも感じかたも違っています。大昔の、しかも外人である中国人が、修羊公をどのように評価し、感じていたのか、それは判断しかねることであって、だからこそ、そこに、私は不思議なおもしろさを感じます。

私の、中国古典、志怪小説を楽しむ楽しみかたもまた、この異質なものとの出会い、その出会いから、あぶり出される自分自身、ということになるでしょう。

『列仙伝』の記述は、すべて、スコブル短文です。修羊公の項は、訳文にして324字、原文ではなんと、たったの85文字です。

ためしに原文を左に示してみましょう。

「修羊公。魏人華陰山石室中。有懸石榻。公臥其上石盡穿陷。公略不動。時取黄精食。漢景帝禮至之。使止王邸中。数歳道不可得。有詔問公何日發語。忽化爲白石羊。題脇曰。白如王。修羊公謝天子。後亖羊於通靈臺。尋復去。」

この短いところも私の好物ですね。アッサリしてて、ソッケない。だからかえって、勝手な想像を許してもくれます。そうして、すぐ読めてしまうところがまた大変好都合です。

金銀の精

建安《けんあん》の某は下僕の少年を
常に城中の市へ使いに出していた

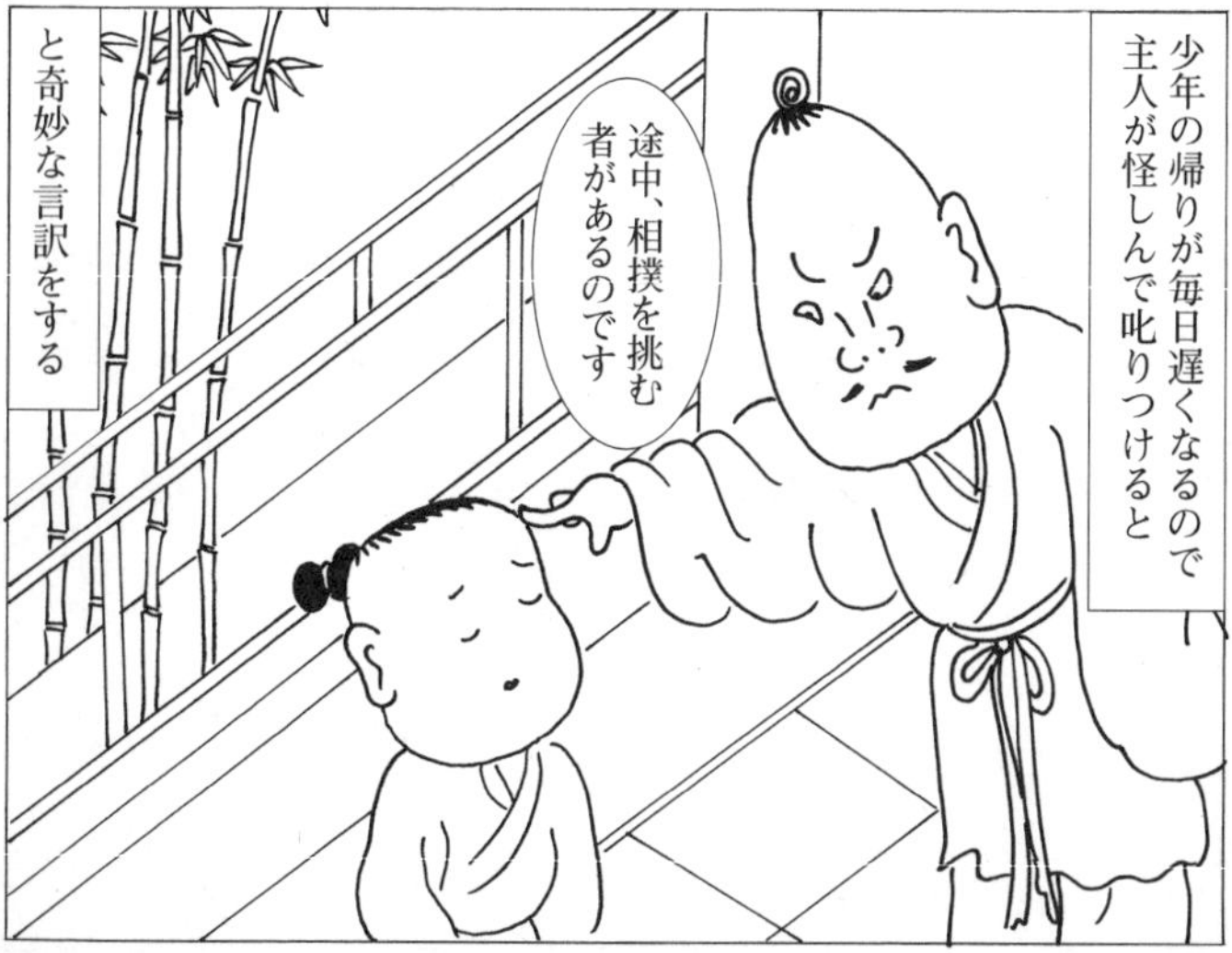
少年の帰りが毎日遅くなるので
主人が怪しんで叱りつけると
途中、相撲を挑む
者があるのです
と奇妙な言訳をする

お屋敷の南の大きな古塚
あの前を通るたびに黄色の服の少年が出て
相撲を一番取っていけ
と誘うのです

私も相撲を好きなので、ついつい
毎たび相撲を取っておりました
それがために往復に時間がかかっ
たのでございます

お前の話が本当かどうか
それではわしが一緒についてゆこう
主人が草のなかに忍んでいると
果して黄色い服の少年が出て
下僕に相撲を挑んだのであった

主人が不意に飛び出して打ちすえると
少年の姿はたちまち金ムクの小児に変じた

それを持ち帰って、某家は金持ちになったのだ

似たような話がもう一つある
盧州《ろしゅう》の軍吏・蔡彦卿《さいげんけい》という人が
拓皐《たくこう》の鎮将《ちんしょう》となった時のこと
夏の夜、鎮門《ちんもん》の外に涼んでいると

草原に白い服をまとった美女が舞うのを見た
不思議に思って近よると女の姿は消えてしまう

あくる晩
蔡は杖を持ち出して、草むらに潜んでいると
やがて女があらわれて
ゆうべと同じように舞い始めた

飛びかかって打ち仆すと

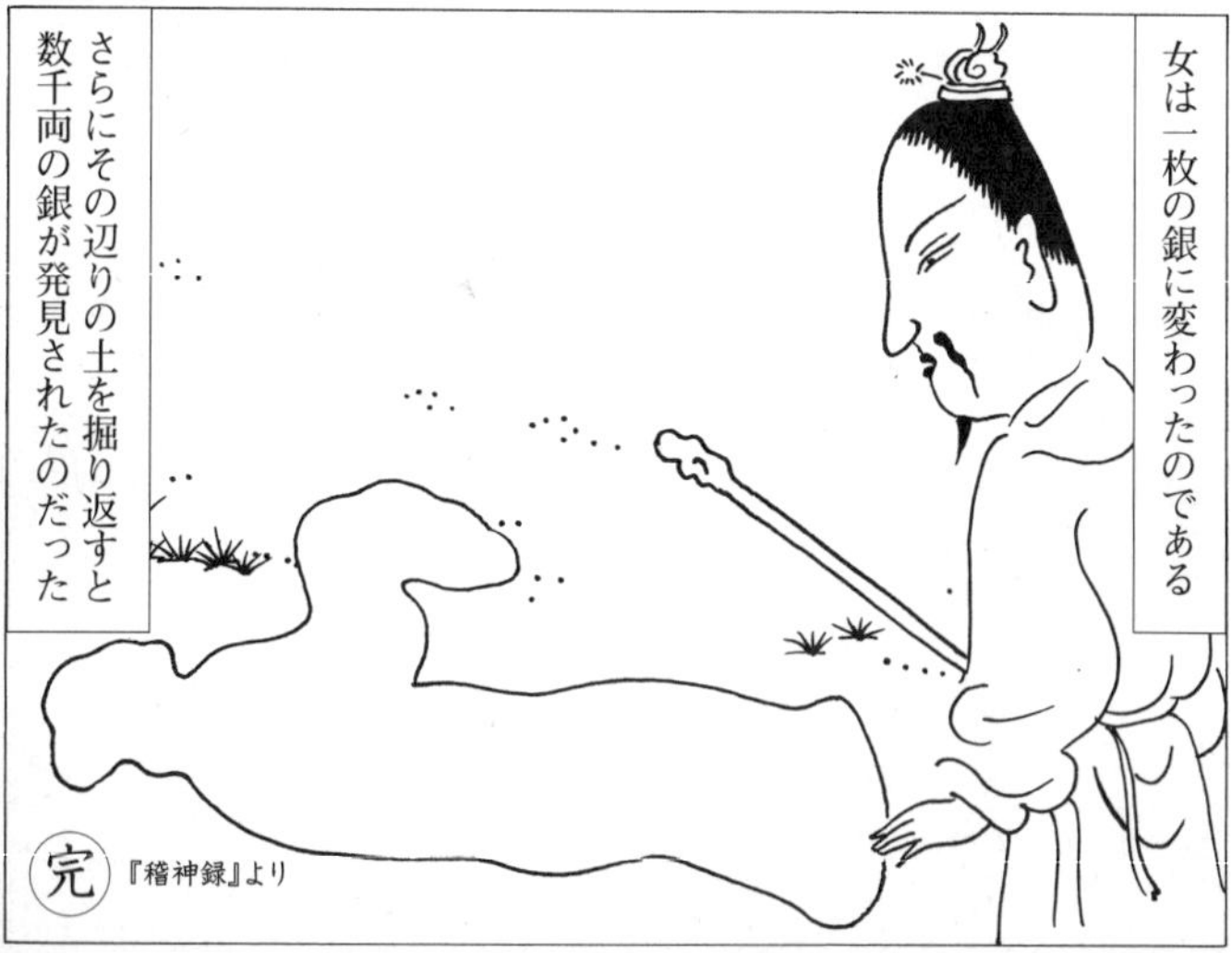
女は一枚の銀に変わったのである
さらにその辺りの土を掘り返すと数千両の銀が発見されたのだった
完
『稽神録』より

蛇足2

中国の志怪小説のたぐいを読んでいて、いつも気になるのは、人々が妖怪《ようかい》と呼ばれるようなものに、ひどく乱暴であるところです。まるで情容赦がない。妖怪らしいものが出た途端に、考えもなしにいきなり棒でぶつケースが多い。

何も、そんなにぶたなくても……と思う。これは私が自分の顔をやや妖怪よりに認識しているというだけでなく、むしろ、日本人と中国人の違いという気がします。

この話は『稽神録《けいしんろく》』という本に「金児と銀女」という題で収録されています。『稽神録』は北宋《ほくそう》の頃に成った本で、作者は徐鉉《じょげん》。『太平広記《たいへいこうき》』の編集者でもあった人です。

年表を見ると、この頃、中国三大発明のうちの二つ、火薬と羅針盤が発明されています。（因《ちな》みにもう一つの紙はこれよりずっと前、蔡倫《さいりん》によって後漢の頃に発明されていて、この間約九百年の開きがある）

この時代、日本では『枕草子《まくらのそうし》』や『源氏物語』『紫式部日記』『更級《さらしな》日記』『大鏡』『今昔物語』といった古典のビッグネームが揃《そろ》って出ています。「火薬と羅針盤」対「源氏物語と枕草子」。日本人と中国人、どのように違っているんでしょうか？

建安の某家は、いきなり「コドモ大」の金塊が手に入って、めでたいかもしれないが、お使いのたびに相撲の対手《あいて》をしていた、この下僕の少年は、どんな気持だったでしょうか？　友人がいきなり金塊になって、それを運ばされる心境。

正々堂々と相撲を取って勝ったのならいざ知らず、草むらに隠れた大人が、不意に棒でなぐりつけ、あまつさえその死体を財産としてしまうについては、人情として「如何《いかが》なものか？」と思わずにいられません。

しかし、物語はひどくタンタンと、実にめでたいような話として終わってしまっている。

あまりにアッケラカンとしているので、いつまでも、人情に拘泥《こうでい》しているこちらの方が、未練たらしく感じられてきて、

「まァいいか、メデタイことにしよう!!」と思ったりするから不思議です。

中国の昔話を読んでいて楽しいのは、こうしたところでもあって、日本人とか現代人の常識を「アッ」という間に蒸発させてしまうようなところがある。

偶然の機会に金持になる、そんな幸運が許されるのは、日本では「よほどの正直者」や「親孝行」「信心深い善人」といったところに限られるものですが、そんなことには一切無関係に、突然、意味もなくコドモを棒でなぐり殺して大儲《おおもう》けっていう、実になんとも乱暴なのが面白い。

「たしかに現実っていうのは、往々にしてそんなもんかもしれない」

なんていう感想も湧《わ》きますが、面白かったのはそんなのみこんだような感じよりも「アレヨアレヨ」と思ううちに宙にほうり出されてしまう気分のほうでしょう。

志怪というのは、創作ではなく、実際にあった怪を志《しる》したもので、ごく短

い話の寄せ集めでした。つまり話を面白くしてやれ、というので「つくって」はいないということです。しかし、どの話を記録して、どの話をすてるか、という編者の好みはあるわけで、中国人はこういうワケのわからないのを好きらしい。

ワケのわからないことというのはオソロシイわけですが、それがそのままオモシロイことでもある。

なんとかスジの通ることで身の回りをまとめてしまいたい。と思うほど、余計にそこにおさまりきらない話に魅力を感じてしまう。ということかもしれません。

すべて「理屈で固めたい」気持と、そんなことでは糊塗《こと》できない、オソロシイことが、必らずあるのだと、わかっている。

案外、現代に生きる日本人と、千年昔の中国人がそこに共通しているかもしれません。

寿命

柳少遊は都で評判の占いの名人であった
易學
柳少遊
天宝年間のことである上等の絹の反物を持って一人の客が少遊を訪れた
来意をたずねると
自分の寿命を知りたい
のだという

卦を立てると大凶と出た
(雷地豫)
坤下
震上

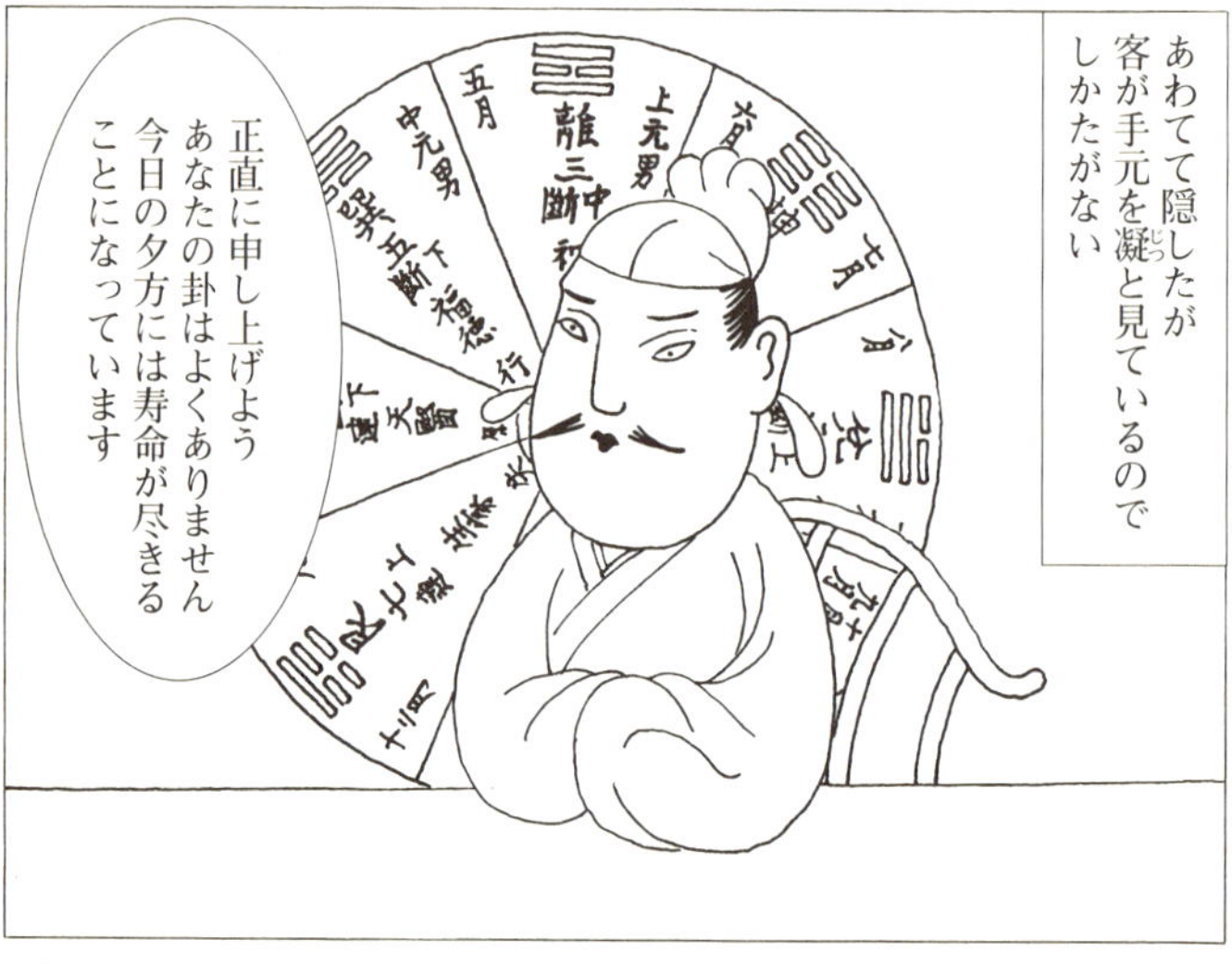
あわてて隠したが
客が手元を凝《じっ》と見ているので
しかたがない
正直に申し上げよう
あなたの卦はよくありません
今日の夕方には寿命が尽きる
ことになっています

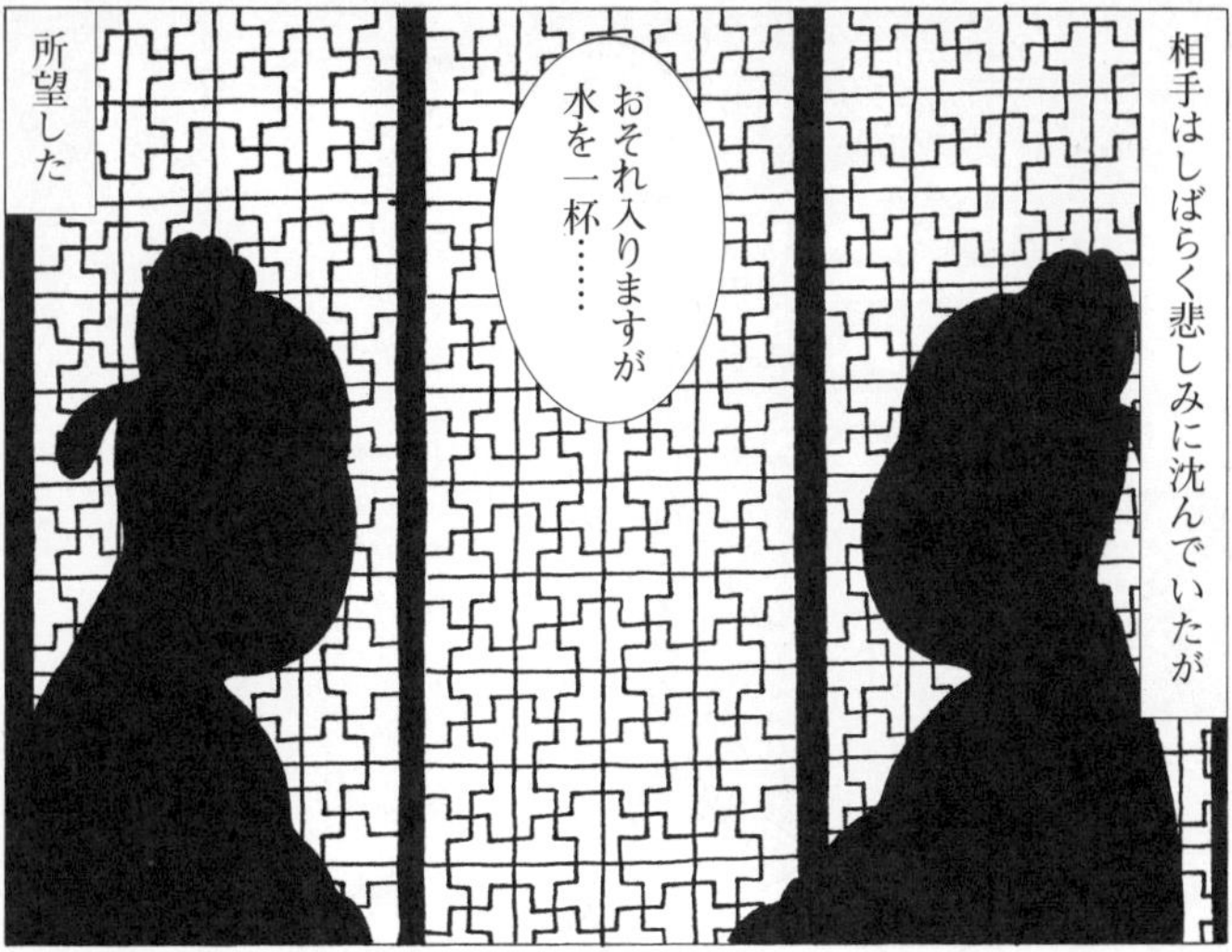
相手はしばらく悲しみに沈んでいたが
おそれ入りますが
水を一杯……
所望した

少年、お客様に水を

少年が水を持って部屋に入ると
不思議なことに少遊が二人いる
顔も着物もそっくりなのだ
おいおい何をしている
水をご所望はこちら様だ
水を飲みおえた客はやがて立ち上がり
別れの挨拶をして部屋を出た

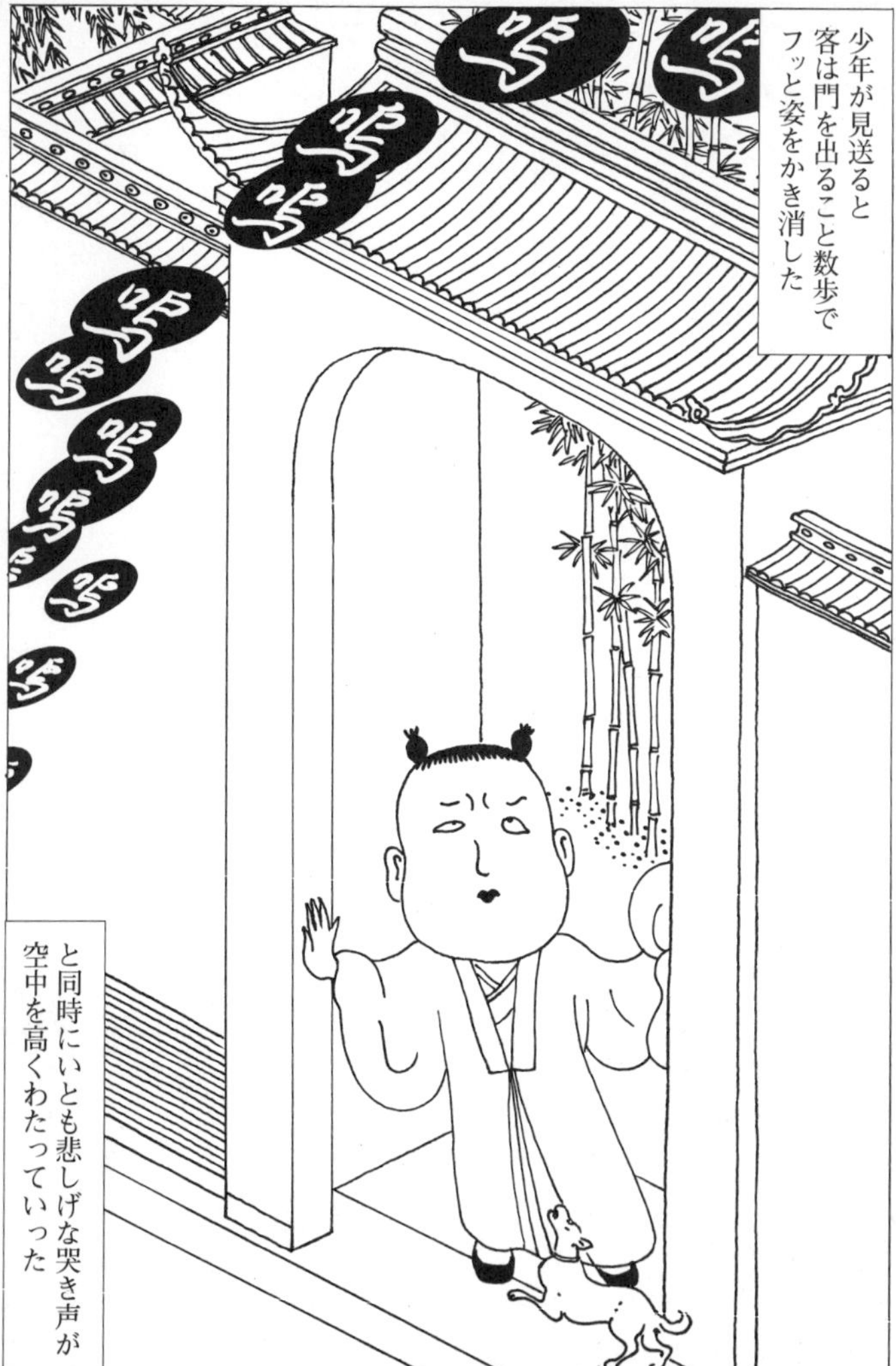
少年が見送ると
客は門を出ること数歩で
フッと姿をかき消した
嗚
嗚
嗚
嗚
嗚
嗚
嗚
嗚
嗚
嗚
と同時にいとも悲しげな哭き声が
空中を高くわたっていった

お気づきでしたか？ 今の方
旦那さまと瓜二つでございました

少遊が何事か思いついて
先刻の絹の反物を持ってこさせる
果してそれは紙の雛形に変じていた
あれは…私の魂だったらしい

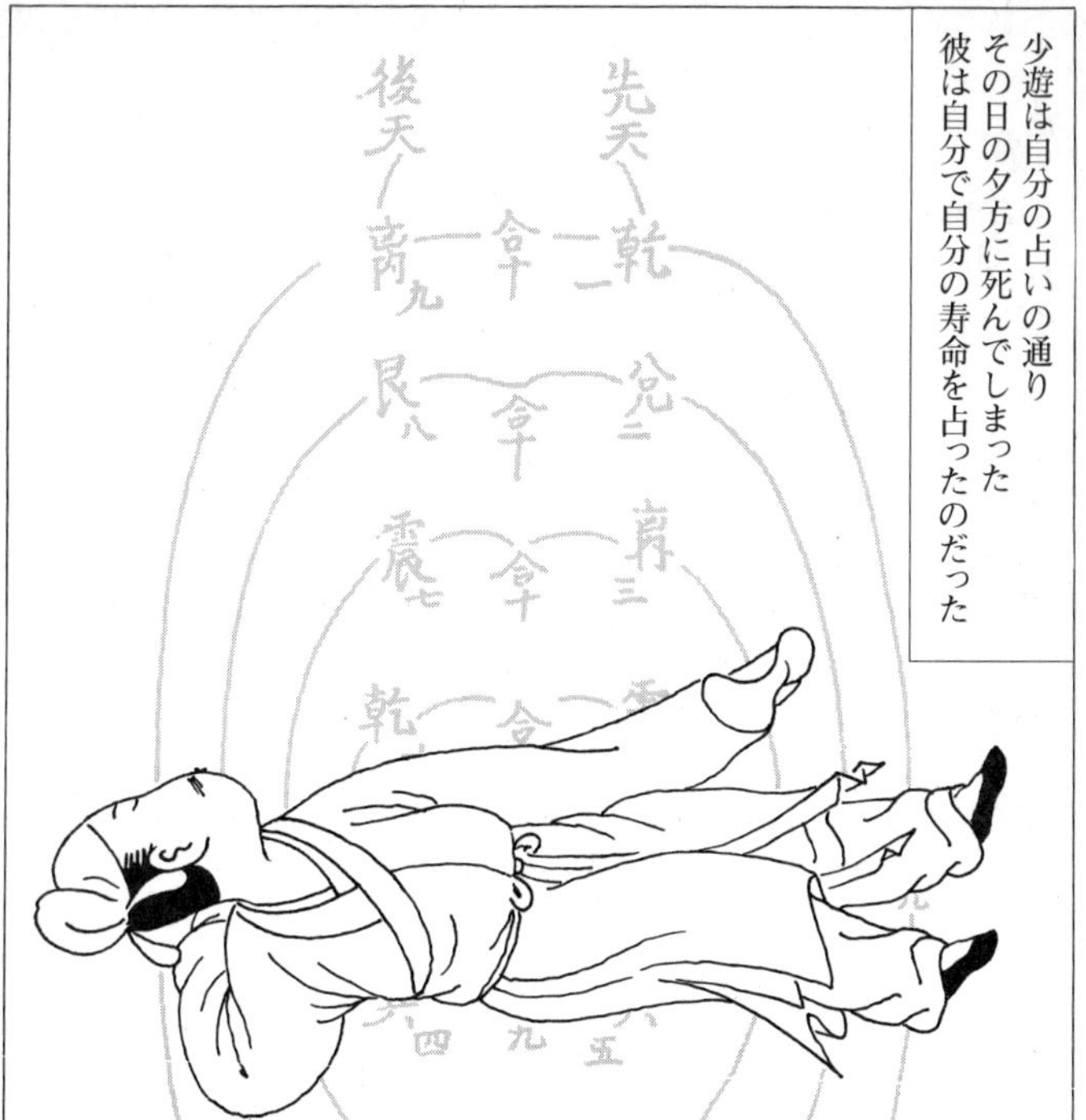
少遊は自分の占いの通り
その日の夕方に死んでしまった
彼は自分で自分の寿命を占ったのだった
完
『広異記』より

蛇足3

ドッペルゲンガーというコトバがあります。心理学用語で「自己像視幻覚のひとつ」と辞書にある。Doppelgänger と書いてドイツ語です。同じことを精神医学上の用語ではオートスコピー（自己像幻視）といいます。

もし、ドッペルゲンガーがオートスコピーと道で出くわしたら、やっぱりビックリしてしまうのだろうか？　この場合のオートスコピーはドッペルゲンガーなのか、やっぱりオートスコピーなんでしょうか？　ややこしい話です。

落語の「粗忽《そこつ》長屋」で粗忽者が同じ長屋のこれまた粗忽者の水死体を目撃する話があります。「大変だ」というんで、大急ぎで長屋に帰って本人に急を知らせる。

「お前こうしてる場合じゃないぞ」

現場に出かけた本人が野次馬をかきわけて、コモをはいで確認すると、果して自分だ。

「なるほどコイツは自分にまちがいないがこうして見ているオレは一体、どこの誰だろう?」

実にバカバカしい話ですが、バカバカしいけれども、妙にリアルな感じがある。

人間の脳ミソは、考えているその脳ミソのこと自体をも考えることができるわけですが、こんな話が奇妙に現実感のあることと、これは無関係じゃないでしょう。

ゲーテは創作ではなく体験として、自己像幻視をしたと書いているそうです。日本でこの現象をドイツ語で呼ぶようになったのも、ゲーテのせいかもしれません。

もっとも「ギヨエテとはオレのことかとゲーテいい」という川柳もあるくらいだから、日本語訳のゲーテはドッペルゲンガーに出会っても、それと気がつかないかもしれない。

芥川龍之介も、ドッペルゲンガーを見たことで、ひどく不安を感じていたようです。自己像幻視は死の前兆という言いつたえもありますが、芥川は発狂をおそれていたようです。

つげ義春の『ゲンセンカン主人』も主人公がドッペルゲンガーを見てしまう話で、なんだか「発狂の不安」というのが納得できる不思議なマンガです。柳少遊の話は唐代の書『広異記《こういき》』に収録されているもので、作者は戴孚《たいふ》といって、進士に及第した秀才だったけれども、社会的にはさほど出世できなかったと書かれています。志怪や伝奇の作者には、わりあいこんな人が多い気がしますが、いわゆる天下国家を論じたり、現実政治にたずさわる役人としての適性と、こうした現象に心魅《こころひ》かれる性向というのは相容《あいい》れないものかもしれませんね。

ところで、ドッペルゲンガーものには、このほかにも面白い話がいくらもある。『捜神後記《そうしんこうき》』にある「もう一人の自分」という話では自分とソックリな男がベッドで寝ているのに気がついて「これは自分の魂に違いない」と思い、そろりそろりと撫《な》でていると、じきに敷物の中に吸いこまれていくのでした。

ところが間もなく、彼はとつぜん病気になったかと思うと、精神錯乱状態におちいり、一生なおらなかったという結末になる。

芥川が発狂をおそれたのは、あるいは、この話を読んでいたせいかもしれません。なんだか、オソロシイような説得力がある。

ゲーテの方のドッペルゲンガー体験というのは、ちょっとまた毛色が変わっていて、オソロシイというよりも奇妙な話です。

ゲーテが二十一歳の時、自分にソックリなその男と路上でスレ違う。男は馬に乗っていて、見なれない服装をしていた。という傍点のところが奇妙です。八年後、つまりゲーテ二十九歳。ドッペルゲンガーを見た同じ道を、騎乗して通りながらフト気がついた。八年前に見たドッペルゲンガーと、いまの自分が同じ服装をしていたというんです。つまり八年前に見たのは、いまの自分だったという寸法です。

本人が体験談だといってるんですから、こういう言い方もヘンですが、とてもよく出来た話です。

四足蛇

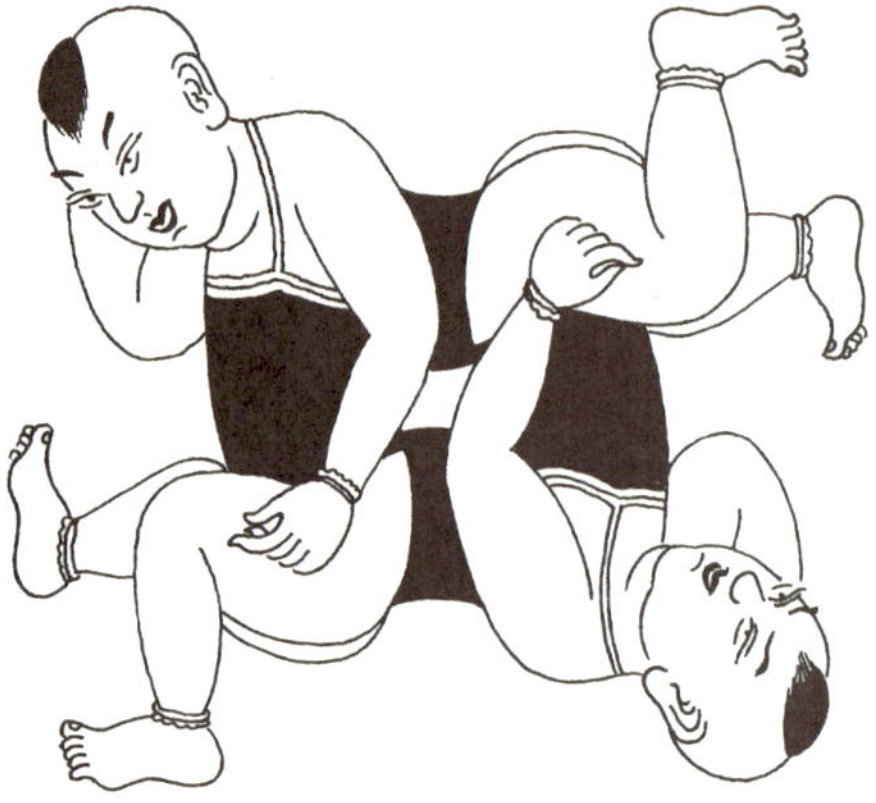

舒州《じょしゅう》の人が
山に入って大蛇を見たので

すぐにそれを撃ち殺した

よく見ると
その蛇には足があるので
不思議に思い持ち帰ることにした

何故、そのような格好をするのか?

?……わたしは今
この蛇を殺しましたが
この蛇には四つの足がある
四?
足?
蛇?

その蛇はどこにいる
役人たちには蛇の形が見えないらしい

どこ？ これです
これ見えないですか？

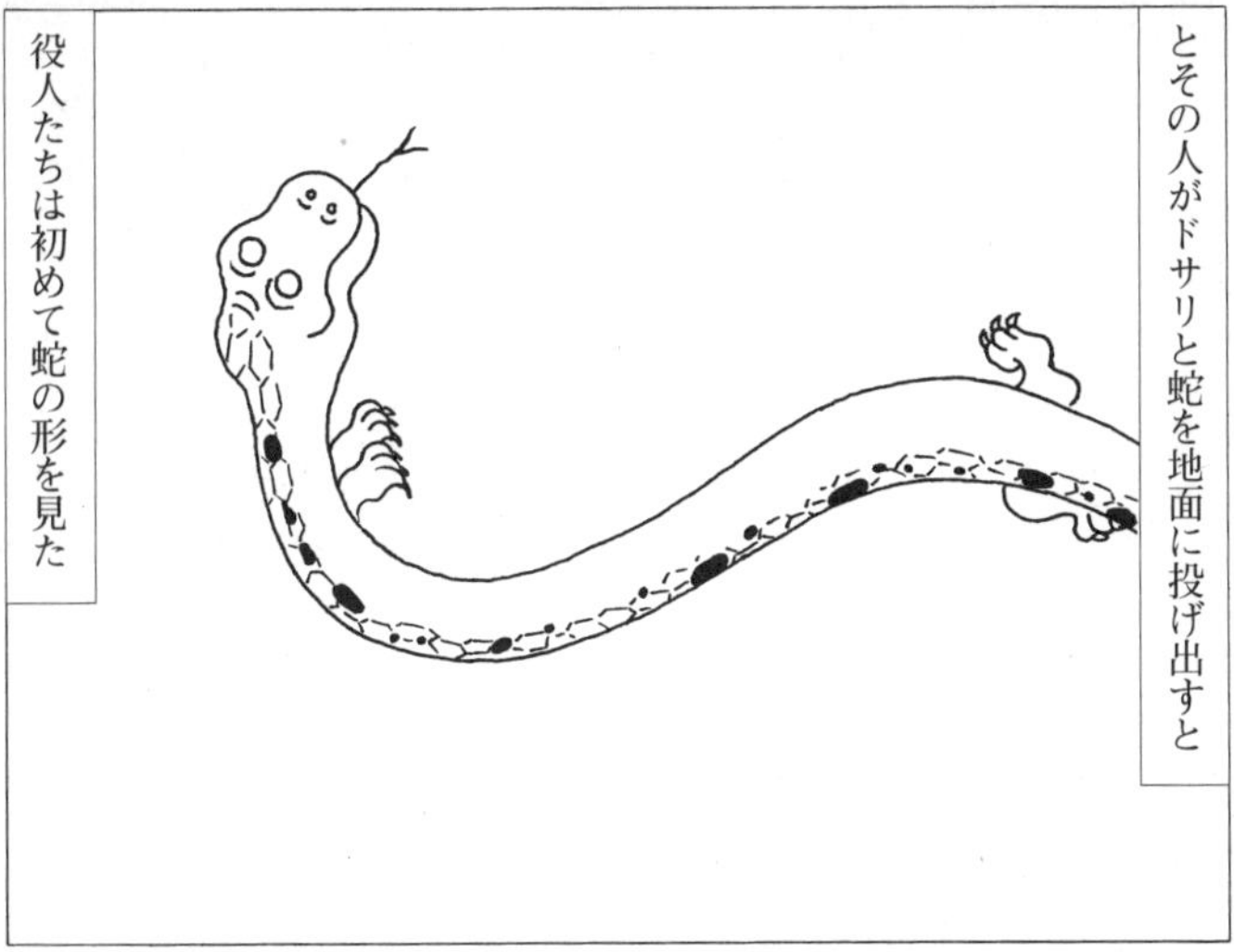
とその人がドサリと蛇を地面に投げ出すと
役人たちは初めて蛇の形を見た

見えますか？
ところが、今度は
蛇を見るばかりで
その人の形が見えなくなった

なにかの怪物には相違ないが
蛇はそのまま捨てて帰ったとある
役人側の記録なのだろう
話はここで終ってしまっている

消えてしまった舒州の人は
その後どうなったのか
姿は見えるようになったのか？
消えたままそこにいるのか？
この蛇は生きている間には自分の
形を隠すことが出来ないのに
担がれて形がなくなり下ろされて
担いだ人物を消すのである
その理屈がわからない
まあしかし、理屈がわからないから
怪談である。詮索は蛇足であった
完
『稽神録』より

蛇足4

往々にして、オジさんはお説教をしようとして、漢字のダジャレのようなことを言ってしまって失敗します。

「いいか、人という字を見てみなさい」

といって、おもむろに話をつづけようとすると、

「おたがいモタレかかってるということですか？　入るという字もモタレかかってますが何故《なぜ》です？」と逆につっこまれたりする。

「それはアレだ、穴につっかえ棒がなくちゃ、いつ天井が落ちてくるかしれない。つっかえ棒がない穴に、ウカウカ入っていってはいけないト、そういうことだな」

「はあ、わかりました」って納得されて、一体、何を言うつもりだったのか忘れてしまいます。

楚《そ》の昭陽《しょうよう》が魏《ぎ》を攻略し、さらに兵を移して斉《せい》をも攻めようとした時、説客《ぜいかく》の陳軫《ちんしん》が使者として昭陽を説きふせた。

「楚では敵軍を破って敵将を殺すと、どんな恩賞をうけますか」

「官は上柱国《じょうちゅうこく》となり、爵位《しゃくい》は上執珪《じょうしつけい》となる」

「それより以上の高位高官は何でしょう」

「令尹《れいいん》だけだ」

「あなたはいまその令尹、ならぶもののない地位で、もはや加うるべき何の官位もありません。ひとつたとえばなしを申し上げましょう。ある人が家来たちに、大杯に盛った酒をふるまった。すると家来たちは、数人で飲んでは足りないが、一人で飲めばありあまる。ひとつ、地面に蛇の絵を描いて、先にできたものが飲むとしよう、ということになり、一人がまず描き終り、酒を飲もうとして左手に杯をもち、なお余裕をみせて、足だって描き足せるぞとばかり、足を描き足した。そのうちにもう一人が蛇を描き上げ、その杯を奪うと『もともと蛇に足はない、足を描き添えては蛇ではない』とその酒を飲んでしまった。

さて、いまあなたは、魏を攻略して、なお斉を攻めようとしておられる。斉を攻めて勝ったところで、もうこれ以上官爵は上がらない。もし万一敗れたら官爵は下がるでしょう。これはまさに蛇を描いて足を添えるようなものではありませんか」

昭陽はなるほどとうなずいて、斉を攻めずに引き上げた。と『中国故事』(角川選書71・飯塚朗著)という本にあります。

うまくいった例です。が、なかなかこう、うまくいくもんではないと私は思う。

「その話、知ってるゾ」

と途中で言われたらいっぺんでぶちこわしです。この話は「蛇足」の故事で、だいぶ有名です。「矛盾」の故事と一緒に試験に出たかもしれない。その話なら何度も聞いた、と思われてしまうと、真意はともかく効果は薄れる。と、いきなり蛇足から書きはじめてしまいましたが、この「四足蛇」の話は、ずい分奇妙です。

この話も「金銀の精」と同様『稽神録《けいしんろく》』に収められていたものですが、著者の徐鉉《じょげん》が、みずから末尾に苦情を書き添えています。

「この蛇は生きているあいだに自分の形を隠すことが出来ず、死んでから人の形を隠すというのは、その理屈が判《わか》らない」

理屈がわからないから「怪談」なのだ。という理屈ももっともですが、確かに妙な話です。この消えてしまった舒州《じょしゅう》の人は、その後どうなったのか？

「なにかの怪物に相違ない」としながら、役人たちが蛇を捨てておいて、さらに消えた舒州の人もそのままに、よく平気でいられるものだ。なんともかとも、尻切《しりき》れトンボで宙ぶらりんな話です。

同じように、足のはえた蛇の話でありながら「蛇足の故事」とは大いに異なる。こっちを説教の際に持ち出したりしたらいよいよ話に収拾がつかなくなるでしょう。

「つまり、世の中にはワケのわからぬことがいくらもあるト、そういう話だナ」って全然教訓にならない。

夢の通路

朝邑県《ちょうゆうけん》の丞《じょう》、劉幽求《りゅうゆうきゅう》は
公務の出張の帰途を急いでいた
すでに日が暮れて久しい

夜道を、わが家まであと十里あまり
破れ寺のあたりまでやってきたとき
寺の内から楽しそうに歌う声や
笑いさんざめく声が聞こえてくる

はて、不思議な
と覗いてみると
十人あまりの女たちが
思い思いに席につき
皿小鉢をならべて食事をしている

と、自分の妻がその中に混って
楽しそうに話しているのが目に入った
劉はびっくりするばかりで
わけがわからない

しばらく考えてみれば
妻がこんな所に居るわけはなく
人違いに違いない

と、もう一度
物ごしや言葉つきを見れば
妻とすこしも変わらないのだ

そばへ寄ってよく見ようと思うが
門が閉まっていて中へ入ることができない

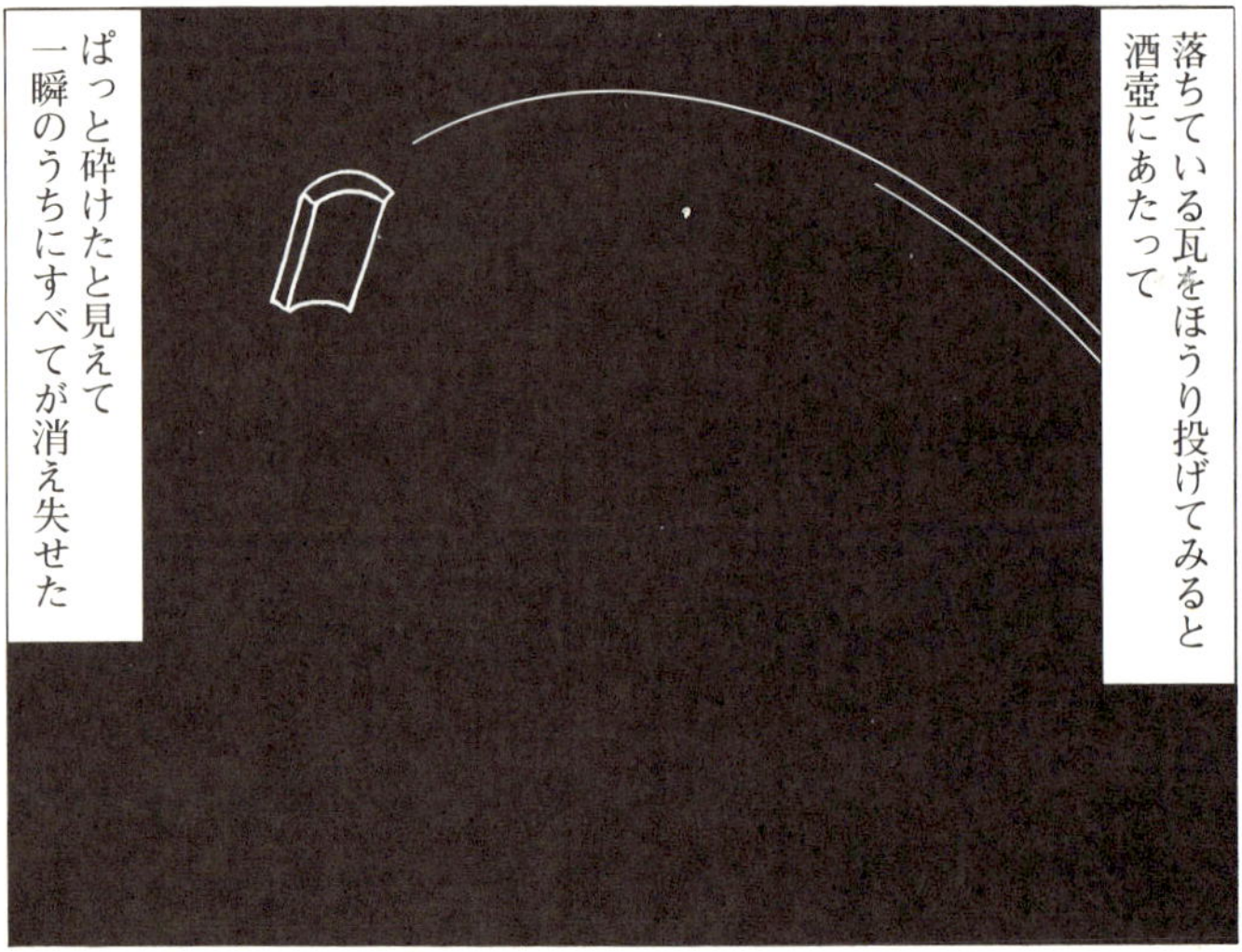
落ちている瓦をほうり投げてみると
酒壺にあたって
ぱっと砕けたと見えて
一瞬のうちにすべてが消え失せた

劉は垣をのり越えて
中を調べてみたが
本堂にも庫裡にも
人影は痕跡もない

寺の門はもとのように
閉じられたままである

胸さわぎを感じて
劉は馬を走らせて急ぎ家へと帰った

着いてみると
妻はすでに眠っていたのだが
夫が帰ったと聞いて起きてきて
あいさつをすませると
愉快そうに笑っていった

さっき妙な夢を見ました
夢の中で十何人かの人と
お寺に遊びに行きました
知らない人ばかりでしたけれども
楽しく一緒にご飯を食べていると

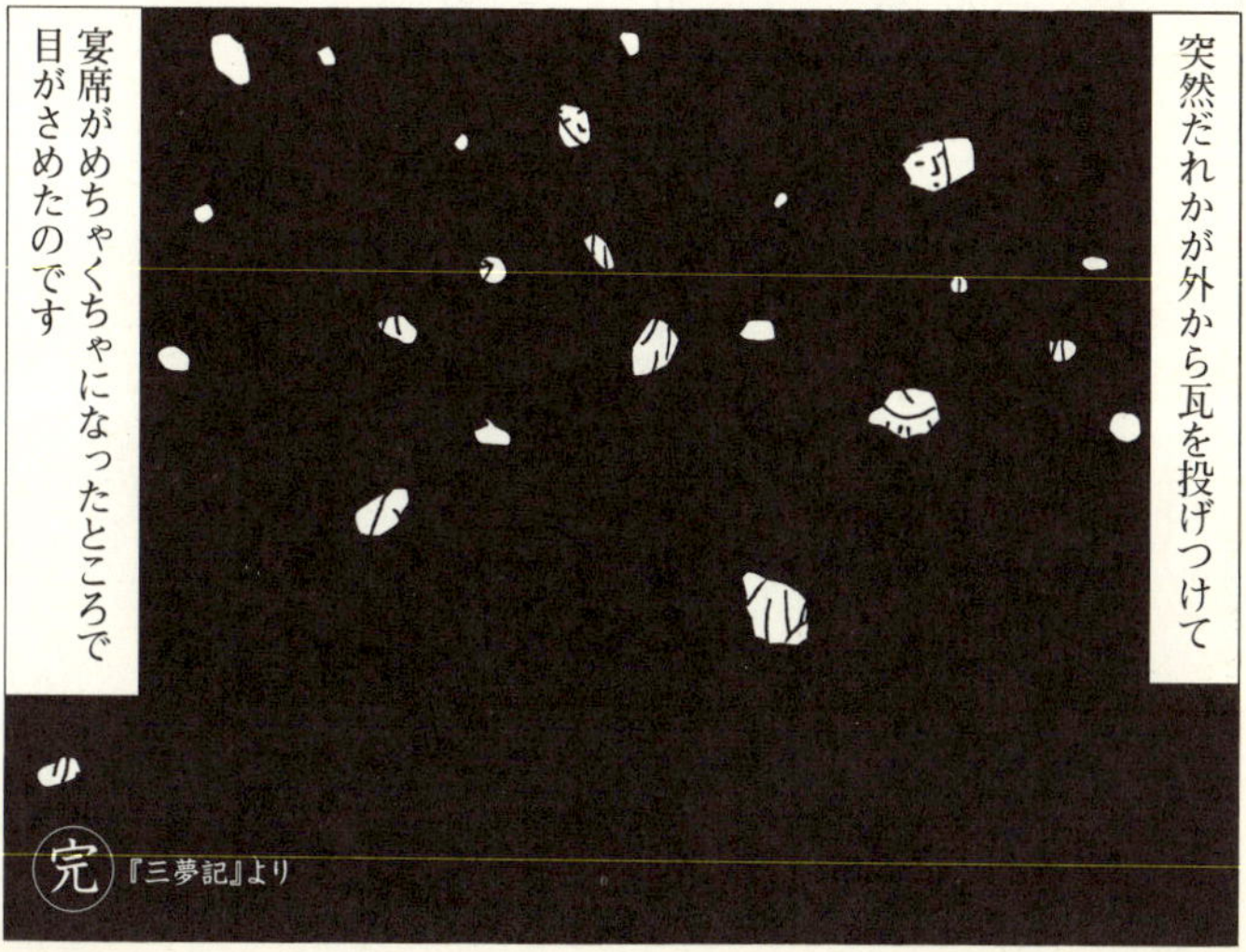
突然だれかが外から瓦を投げつけて
宴席がめちゃくちゃになったところで
目がさめたのです
完
『三夢記』より

蛇足5

夢というのは、現代人にとっても不思議の気を起こさせるものである。志怪や伝奇にも夢にまつわる不思議をあつかった話が、いくらもあります。

一説に、夢は起きている間に貯《た》めこんだ記憶を、整理、選別するための作業であると、いわれています。

つまり我々は「忘れるために夢を見る」ということらしい。

とすると、ひとつの夢を何度も繰り返して見るというのは、どういう理屈になるんでしょう。

気が弱くて、思いを寄せる隣家の娘に、なかなか本心を明かすことのできないでいる若者が、夢に隣家の娘を見て、思いきって恋心を告白する。すると娘も、

「実は私も、以前から貴方《あなた》様をお慕い申しあげておりました」

というので、トントン拍子に話がすすみ、一緒にサクランボの実を食べながら、

「ああ！　なんというしあわせか！」

と叫んだところで目がさめた。

「なんだ夢だったのか」

と、寝台に起き上ってて目をこすっていると、蒲団《ふとん》に、先刻食べたばかりのサクランボの種が散らばっている。昨晩はサクランボなど食べていないのに。

思いきって、思いの丈を夢の通りに話してみよう……と、隣家をたずねてみると、お隣りは既に引越したあとだった。

他人事《ひとごと》ながら「実に残念」な気のする話です。サクランボなんぞのんびり食べてないで、とっとと「発展」しておけばよかったのに。

いずれにせよ起きぬけの頭には時に妙にリアルな感じを残す夢というのがある。

もっとも、リアルというのは何なのか、夢といい現《うつつ》といっても、すべては人間の頭の中のことだとすれば、そこに画然と境のあると思う方がおかしい

のかもしれません。

荘子《そうし》が胡蝶《こちょう》になる夢を見る、目覚めて自分が、荘子であるのか、胡蝶の夢であるのか？　と問う話は、奇妙に説得力があります。

夢も現も同じかもしれない、とまで言ってしまえば、他人の夢の中に入っていったり、同じ夢を二人が見るというのも、なんの不思議もないようで、やはり妙です。

第五話の「夢の通路」という題は、私のつけたもので、もとは白行簡《はくこうかん》の『三夢記』という三つのふしぎな夢を記録した本の、第一話です。

日本の『今昔物語』にこれとよく似た話がのっていて、やはり主人公は、公務で出張した役人である。京へ残してきた若い妻が気になって、この主人公は美濃《みの》の国の不破《ふわ》の関で一泊の夜、夢を見る。

夢の中で妻は若い男と隣室でセックスをはじめるので、逆上して踏み込んだところで、はっと目が覚める。なんだ夢か……というので翌日大急ぎに京に帰りつくと、妻が出迎えて、笑いながら夢の話をするところも同じ。

話としては、こちらの方が、ずっと色っぽくて、よく出来た話になっている分、作り話めいてもくる。まちがいなく『三夢記』の焼き直しであろうと思われます。

話としてまとまってしまった分、不思議な感じ、夢の感じは失なわれた。留守中、若い男と浮気しているというよりも、女ばかりが集合して、荒れ寺で酒盛りをしているというほうが、なんだか本当らしい。

『三夢記』の白行簡は、白楽天《はくらくてん》（居易《きょい》）の弟。第二話は、その兄・楽天の親友である、元微之《げんびし》が、夢に「慈恩寺に遊ぶ白兄弟」を見て、手紙にそれを詩にして送ってきたのでしたが、まさにその詩の書かれた当日に、兄弟は微之を思いつつ、慈恩寺に遊んでいたのだったという、体験談です。

もう一話は、同日に同じ夢を見た二人が、翌日、夢のとおりに顔をあわせるという不思議が記されてある。いずれも不思議でありながら、さもありなんと思える感じが、いかにも「夢」なのです。

未来の巻物

張嘉貞《ちようかてい》は才気溢れる若者だったが
世に認められず陋巷に燻っていた
自ら恃む気持とは裏腹に
暮しはますます苦しくなるばかりである

知らずのうちに
うなだれて歩いてしまう
都の東門の雑踏である

小僧！
何を悩んでおる
お前の前途は
洋々とひらけている
というのに……
突如、声をかけた老人は
嘉貞を無理矢理すわらせると
まじまじと顔を
見ながらそう言った

見料なぞ要らん　じっとしておれ　どうせ急ぐ用もないはずだ
言うなり老人は　紙をつないで二巻の巻物にし、そこになにやら書きつけていく
書き終わり巻物に封をすると　睨むようにして手渡しながら
ここにはお前の官職名が　その順に書き込んである　任期の終わるまではその先を　決して開いてはならぬぞ

不思議なことに
老人に出遇ってからの嘉貞は
次々に運がひらけて
美しい娘を嫁にもらい
進士の試験に合格し
まず秘書省の校書郎に就職した

まもなく監察御史に昇進した嘉貞は
ふと、あの巻物を開いてみる気になった

果してその一行目には校書郎とあって
老人の占いは的中したのである

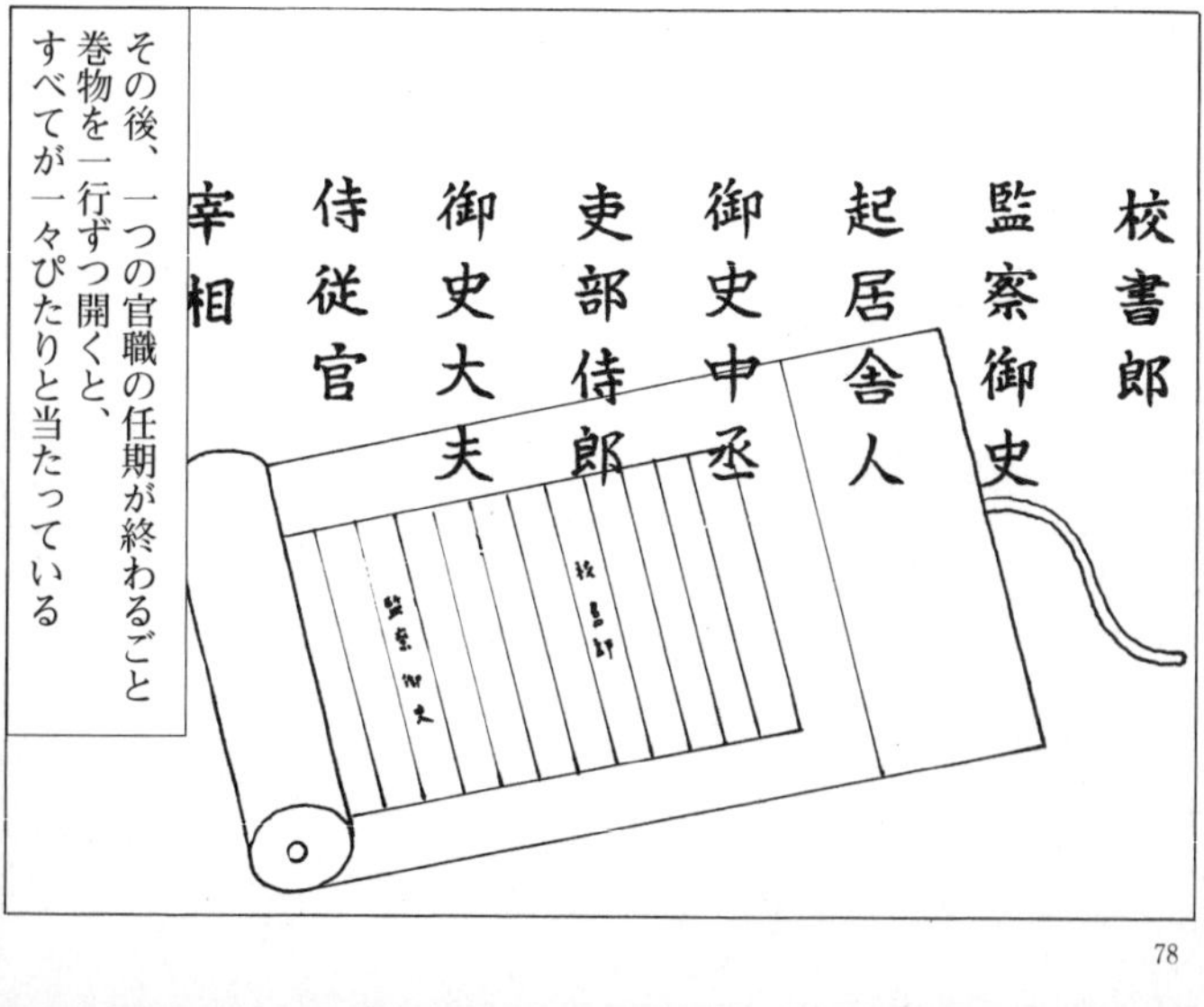
校書郎
監察御史
起居舎人
御史中丞
吏部侍郎
御史大夫
侍従官
宰相
校書郎
監察御史
その後、一つの官職の任期が終わるごと
巻物を一行ずつ開くと、
すべてが一々ぴたりと当たっている

宰相から定州の刺史となった時
嘉貞は重病に罹って今にも危うく見えた

だが、わしにはまだ
たっぷり一巻分の官職がある
まだ死ぬ気遣いはない
と、嘉貞はついに禁を破って
残りの一巻を開いてみた

巻物は白紙であった

完 『定命録』より

蛇足6

この物語は、趙自勤という人の著わした、『定命録』という本の「宿命」と題する話です。漫画では残りの巻物を「白紙」としましたが、オリジナルは「残りの一巻の中には全部『空』という字が書いてあった。そしてそのとおり、嘉貞は死んでしまった」となっています。

なんだか、ずいぶん率直簡明ないいようで思わず笑ってしまいました。なるほど「死んでしまった」か……。

人々は占いを好きです。のみならず、占いの当たった話が好き。

「ノストラダムスの大予言」が、片っぱしからハズれているという話を、もしだれかが、逐一詳細にわたって論証した本を出版したとして、それはきっと売れないでしょう。

人々は占いがピタリと的中するのが好きなのです。

未来のことはワカラナイ。わからないから面白いのだと言われれば「それはそうだ」と思う人も、それは「正論なのであって」それよりは「稀《まれ》に未来のわかる人がいる」と思うことの方を喜ぶのでした。

同じように、人はすべて平等であって、未来を拓《ひら》くのは自分自身であると、自分の努力いかんにかかっているのだと言われれば「それはそうだ」と思っていながら、生まれながらに「特別の星の下」にある、貴人、天才、強運の人という別格の存在にいてほしいと思う心理もあります。

中国の神話に、女媧《じょか》という女神が、人間をこしらえた時の話があります。天空と大地を作った女媧は、どうも物足りないので、黄色い土に水をまぜて、こねあげ、人間をこしらえはじめた。

一人一人細工をしていたが、なにしろ女神さまも、人間をこしらえるのは初めてだったから、まず男をつくって、そのアバラを一本抜きとり、それを女にしたところで、あとはその男女にまかす、というような「ウマイ手」を思いつかなかった。

かといって、一つ一つバカテイネイにつくってるのも骨が折れるから、なんとか一時に沢山の人間をこしらえる方法はないか？　と考えたのだった。

この工夫というのが実にズサンです。女神様、縄をもってきて、どろどろの土にひたし、十分泥をふくましたところで、ブルンブルンとふりまわす。とびちった飛沫《ひまつ》に「人間になれ」と命じると、それがみな人間になったという。

そういうわけだから、人間の中には、丁寧にこしらえてある出来のいいのと、いいかげんな、泥のかたまりのようなのと二種類あるというのです。

ずいぶん人をバカにしたような話ですが、相手は神様で、しかも女のですから「逆らわない方がいい」とでも思うのか、すんなり信じられてきたようです。

もっとも「自分は丁寧につくった方」と思うのかもしれませんが、それよりも現実を見るなら「人間はすべて平等」に見えない、という観察があるからでしょう。

一方で「天は二物を与えず」というようなこともいうけれども、このコトバは大概が、「二物を与えられた」例外的な人物を評する時につかわれることの方が多い。

才色兼備、文武両道、を求めたがる。スポーツ万能のハンサムが、頭もいい。良家の子女が巨乳で性的に奔放で、しかも自分になびいてほしいと思うだけでなく、他人には全然奔放じゃなくいてほしい、と思ったりする。

ちょっと話がズレてしまったけれども、ともかく、自分にない物を持っている人に「いてほしい」らしい。

階級がないはずのアメリカ人が、ヨーロッパの貴族に憧《あこが》れる。のも不思議だが本当だ。

のちのちエラくなった人の話に、必らず人相見や手相見が、それを予見していた、といった話も好まれる。好まれるから、そうしたエピソードをネツ造する人もあるでしょう。

それもこれも、運命というものがあってほしいと、未来が「ワカラナイ」だけのものであってほしくないという願望なのでした。

玻璃の中の仙人

玄宗《げんそう》皇帝は唐の仙人羅《ら》公遠《こうえん》に隠形の術を学んだ

が、公遠は奥義を秘したので

帝の術はいつも少しずつ完成しなかった

帝は羅公遠を召して詰問した

仙人はそっけなく答える
陛下は天下を捨て去ることもできず
道術を遊戯にされております
もし術を全てお伝えしたならば
きっと璽《じ》を懐中に微行して人家に入られ
人々は戦々兢々して苦しむでしょう

玄宗は烈火の如く怒り仙人を罵倒した
たちまち仙人は術をもって
宮殿の柱に入り込み

さらに帝の過失を痛烈に述べたてた
柱はそこだけ玻璃のように透き通っている

帝が柱を破壊させると
礎石に移って大言を吐く
礎石を砕いて粉々にすると

キラキラするその一つ一つに羅公遠がいる

帝はおびえてついに仙人にあやまった
すると一瞬に姿は消えて
それはただの石の破片であった

その後、中使の輔仙玉《ほせんぎょく》が蜀に使者として赴いた時黒水道で羅公遠を見かけたという
ははは、ワシに代って貴公から陛下におわびしておいてくれ！
完 『酉陽雑俎』より

蛇足7

この話は、『酉陽雑俎《ゆうようざつそ》』巻二、壺史（七九）の記述です。『酉陽雑俎』は唐代の文人、段成式《だんせいしき》が古今の事象を網羅した大博物誌ですが、仙人や仙術についてもふれられています。

仙術好きの皇帝・玄宗《げんそう》も、現実的には、単に不老不死の薬を欲しがる、ガリガリ亡者《もうじや》にすぎなかったのでしょうが、いくぶんユーモラスに皇帝の失敗が語られているのが、私の好みです。

私はコドモの頃から仙人の話が好きで、「いずれは研究して仙人になってやれ」とも思っていたけれども、大人になって、ばかに厚くて立派な「仙人の本」を読んでみると、なんだか長生きするのにキューキューとして、老《ふ》けないように老けないように、チビチビ生きてるような、しみったれた話ばかりですっかり幻滅してしまいました。

コドモがよろこんだのは、自由に空を飛んでみたり、壁を抜けたり、その姿が見えなくなったり、虎《とら》や美女に変身したりと、おもしろおかしいことをするからだったので、そんなに地味に「ただ長生き」したところでつまらない。

まあしかし、仙人というのは、普段はひどく地味で、というよりまるで乞《こ》食《じき》のような汚ないナリをしている場合が多いんですが、そのまま正体をあらわさなければ、ホントにただの乞食同然ですから、そうそう謙遜《けんそん》なばかりじゃ面白くない。

時折に自己顕示欲をあらわしたり、凡庸な俗人どもを、ビックリさせてくれないことには仙人譚《せんにんたん》になりません。

日本人の仙人は、飛行中に洗濯中の若い婦人の大腿部《だいたいぶ》に気をとられ、落下事故を起こしてしまった久米《くめ》の仙人ばかりが有名で、メザマシイ活躍をするのがいなくて、ナサケナイような気がしていたけれども、大人になってみると、このイロッポイようなフガイナイような、ダラシナイような仙人というのも、なかなかいい味でてると思えてきます。

この空中飛行にかぎらず、仙人は普通人がしばられている時間や空間の制約から自由である、というところが不思議でもあり、魅力でもあるようです。

不老不死のイメージの魅力も、コドモにとっては「時間からの自由」に力点があったのじゃないでしょうか。

空を飛んでみたい、と思った人間は、飛行機やヘリコプターを発明した。発明して空を飛べるようになったのに、まだなんだか満足していないらしい。実現したかったのは、空を飛ぶというそのこと自体じゃなかったのかもしれない。飛べない宿命から自由になりたい。

写真や映画、テープやヴィデオは、それを知らない古代人から見れば、過去に時間旅行する魔法そのものですが、私達は「ほんとうに過去にいく」タイムマシンが出来ないものか？　と今でも夢想しています。

これはおそらく「思ったとおりに実現したい」というワガママなココロでしょう。

世の中は、なかなか思ったとおりにはいかないものだ、というのは、ちょっと人間をしていればわかってきます。

世の中は、自分の思い通りにはいかない。とわかることを「大人になる」と言うけれども、コドモにだってそれはわかる。「大人になる」というのは、ほんとうは、「思い通りにしたい」と思うことから自由になることなのだろうと思うけれども、そうなると、世の中にいる人のほとんど全部は、大人じゃないことになる。

仙人は、おそらくそうしたコドモたちが、思いえがく理想の状態です。

思い通りに、好きなだけお菓子を食べて、
思い通りに、好きなだけ寝ていてよくて、
思い通りに、好きなだけＳｅｘできて、
思い通りに、好きなだけ他人を支配できる。

しかしそれは、それらすべてを断念したときに、どうも実現できるらしいのでした。

柳の人

会稽《かいけい》の盛逸《せいいつ》が
ある朝早く起きて外へ出た
路地にはまだ通行人の姿はなかったが
門外の柳の木の上に
ひとり人がいるのを見つけた
その人は身のたけ二尺
赤い着物をまとい冠をかぶり
うつむいて柳の葉においた
露をなめていた

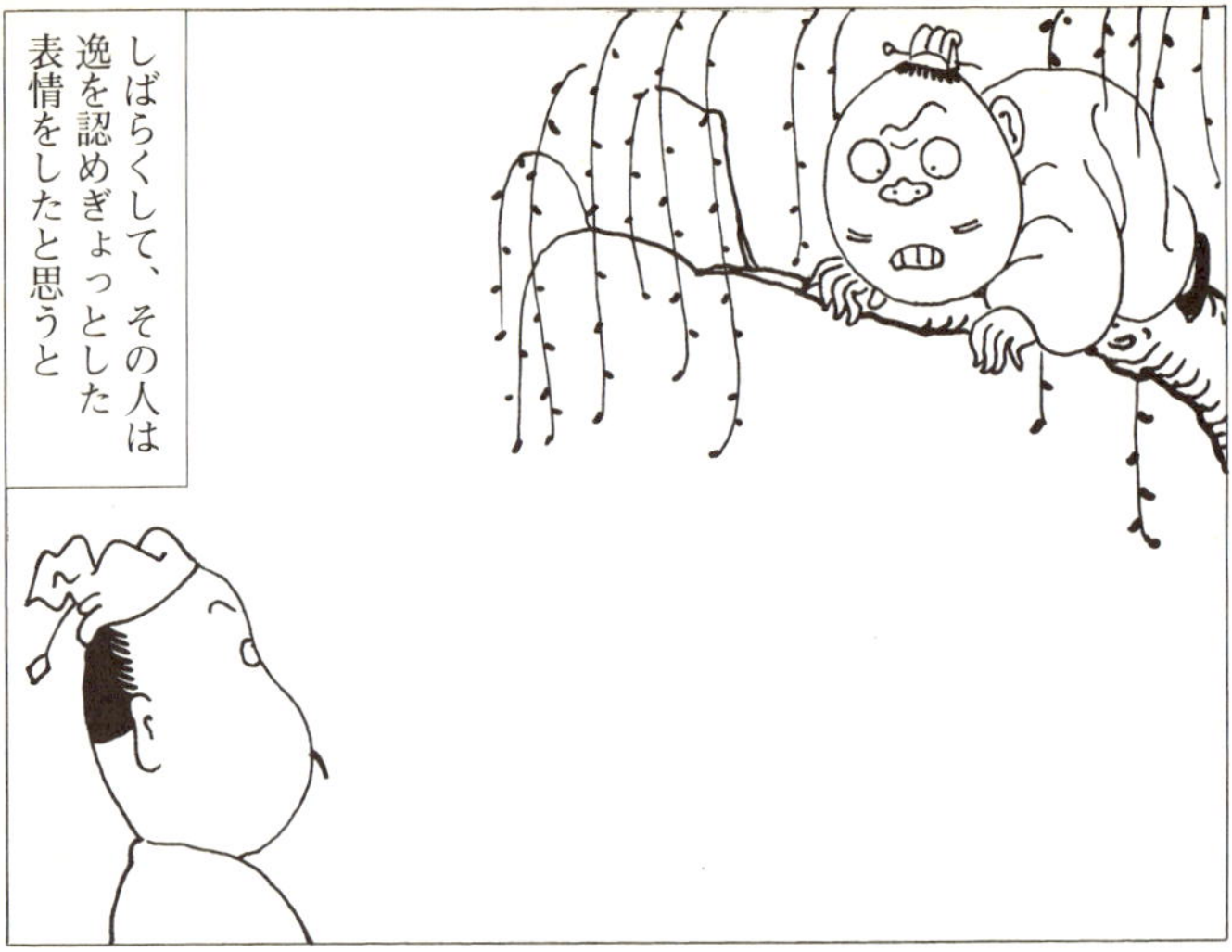
しばらくして、その人は
逸を認めぎょっとした
表情をしたと思うと

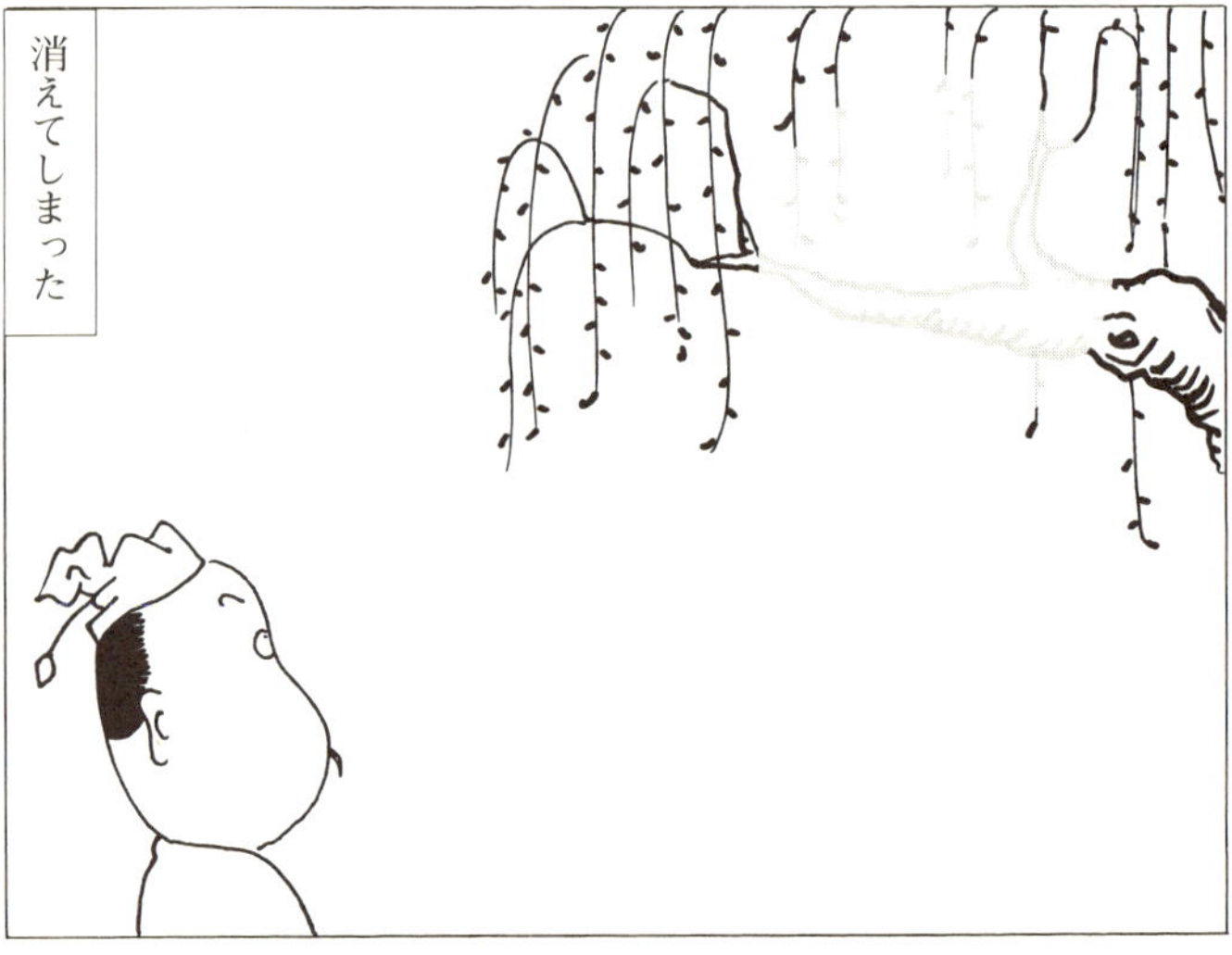
消えてしまった

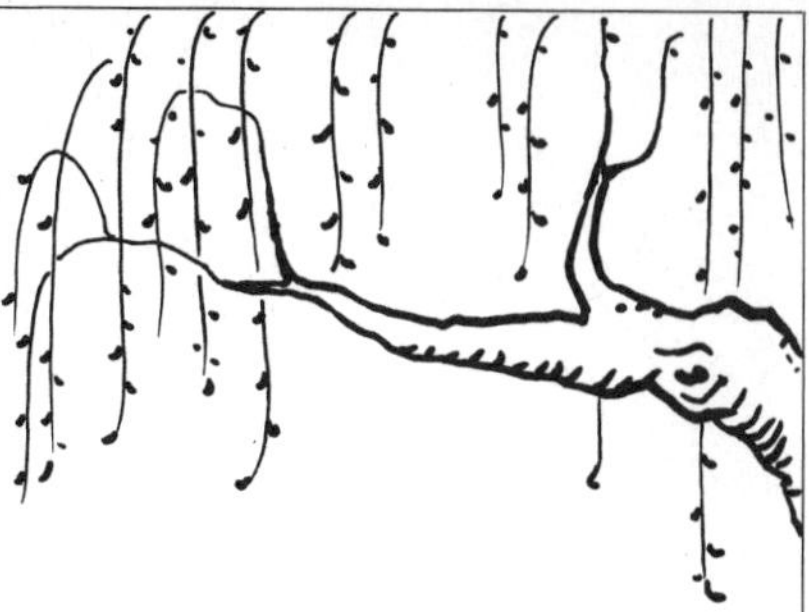

完『捜神後記』より

蛇足8

この話は、陶潜《とうせん》『捜神後記《そうしんこうき》』にある「柳をなめる人」という、ひどく短い話です。

陶潜、すなわち陶淵明《とうえんめい》の名は、記憶にある人も多いでしょう。「帰去来兮（かえりなんいざ）、田園まさに蕪《あ》れなんとす」って、何のことかはともかくとして、聞いたことのある文句だと思います。

人名辞典には次のように載っている。

〈陶淵明　とうえんめい　Tao Yüan ming（365〜427）中国、東晋《とうしん》・宋の詩人、江西《こうせい》の人、四〇五年、彭沢《ほうたく》の県令となったが、すぐに帰郷した。この時「帰《き》去来辞《きょらいのじ》」を作った。隠棲者《いんせいしゃ》として自然美を歌った詩が多く、中国の叙景詩は、彼の登場によって次第に進展をみせてきた。彼が菊を愛し酒を好んだことは、あまりにも有名である。〉

あまりにも、っていったって、一六〇〇年も昔の人である。だいたいこの頃に、日本には日本人にさえ有名な人がいない。

陶さんの生まれた三六五年の次の年。年表には〈倭《わ》国《こく》の斯摩宿禰《しまのすくね》、卓淳国へ行き、使者を百済《くだら》におくる〉と記述がありますが、斯摩宿禰なんて初耳だ。ノミノスクネだったら、タイマノケハヤと二人で、相撲の元祖ですが、斯摩さんなんて聞いたこともない。

第一、卓淳国ってのも、どこのことやら、まるで不明です。

陶さんが彭沢県の県令になったのは四十一歳の時。ところが、ペコペコするのが性に合わないとかで三ケ月もしないうちにやめてしまった。

その頃の日本といえば、埴輪《はにわ》をつくって、前方後円墳のぐるりにかざったりしている場合である。

陶淵明で、もう一つ有名なのに『桃花源記《とうかげんき》』があります。これはいわゆる桃源境というコトバのもとになった話です。

漁師が川をさかのぼるうち、桃の花の咲きみだれる林を見つける。林に分け入って、さらに進むと、そこに世の中と隔絶した人たちの村を見つけるという話です。

村人は秦末《しんまつ》から戦乱を避け、当時のままの生活を平和につづけていたのだった。秦末といえば前二〇〇年くらいだから、ざっと六〇〇年前に山へ逃げた人々が、以来誰にも見つけられることなく暮らしていたという話です。桃源境といえば、ユートピアとか理想境といったイメージですが、要するに戦乱を避けて世の中と隔絶していた村、というだけなのでした。

『捜神後記』が、陶潜の作といわれるのは、この桃花源記が、そこに含まれていたからなのであって、たしかなことではないそうです。

柳をなめる人の話は、『捜神後記』の四一。ごくごく短い話ですが、そこはかとなくユーモラスでカワイイのが私の好みです。

朝靄《あさもや》の清らかな空気の中で、柳の葉に露が玉になっていく、しっとりと、ひやりとする白い景色の中で、その玉の露をペロリ、ペロリとなめている小さな人がいる。

見られているのに気がつくと、その人は、ギョッとするなり、そのまま消えてしまうのです。

なんでまた……？　はずかしがりやなんでしょうか？

「うーむ」といって、その人のいたあたりを、じいーっと、いつまでも見てるしかない会稽《かいけい》の盛逸《せいいつ》氏の気分になって、私はとても愉快です。静かで気持いい。

だけでなく、なんでもないのがいい。だからどうした？　という問題じゃない。

柳においた朝露は、どんな味だろうか？　スコブル美味だ、とも思えるし、ただ単なる水だろう、とも思えます。

以前、中国を旅行した折、「竹葉青酒」とラベルの貼《は》られたお酒をみつけて、ずいぶん期待して飲んだことがあります。

笹《ささ》の葉の香りのする、淡い薄緑の透明なお酒……というのが、イメージでしたが、飲んでみると、やに甘ったるい酒だった。日本人と中国人、やはり感覚がかなり違います。

斧の時間

晋《しん》の時代、衢州《くしゅう》に王質という樵夫《きこり》があった
山の中で木を伐っていると妙なところに石室をみつけた

何気なく入ってみると二人の童子が碁を囲んでいる

王質が勝負を見物しているのを
二人は気にもとめない様子だ

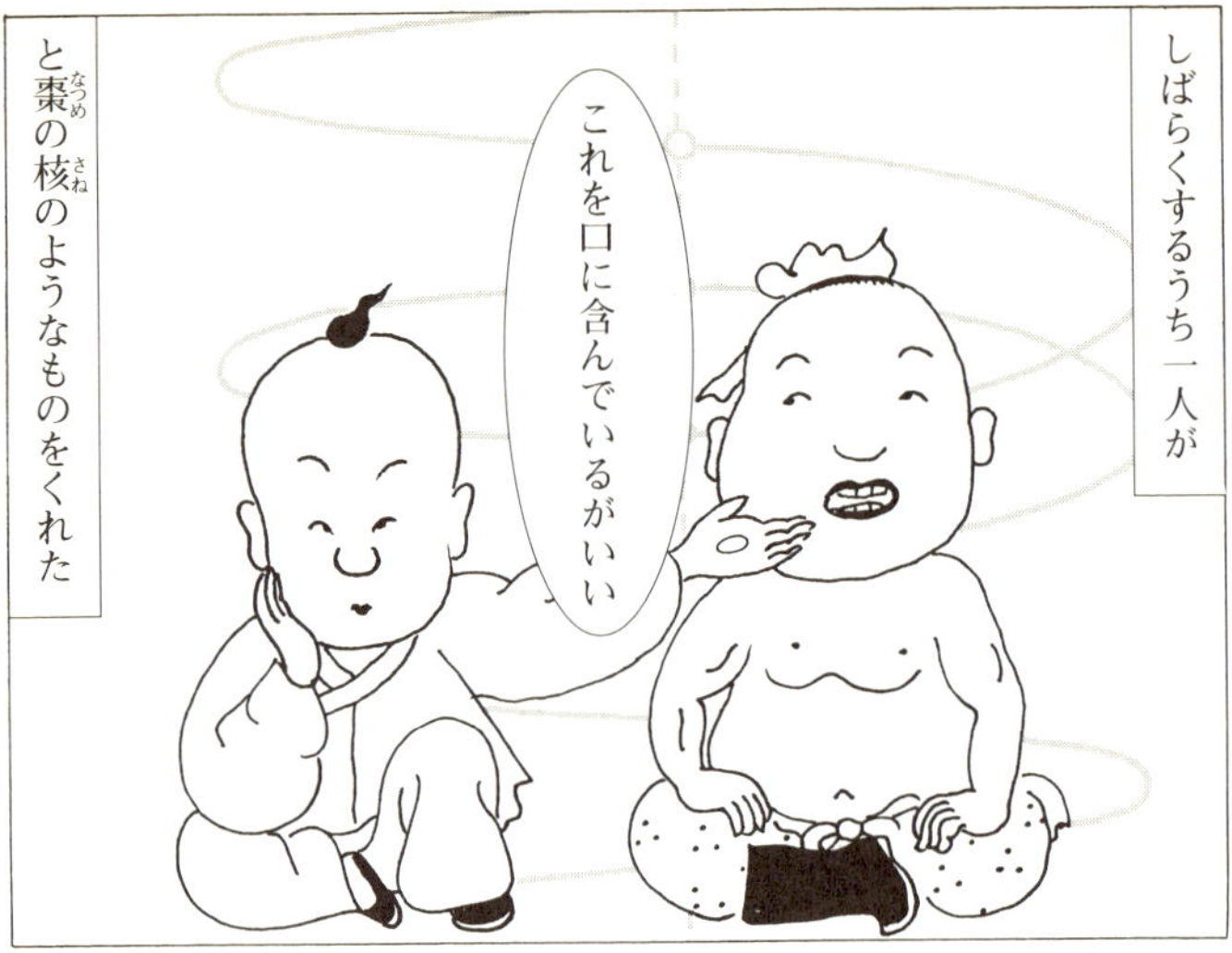
しばらくするうち一人が
これを口に含んでいるがいい
と棗《なつめ》の核《さね》のようなものをくれた

なんだ、つまらぬものをくれたな
こんなものでは腹の足しになるまい
が、試みにそれを口に含んでみると
なんともいえぬ甘い汁が喉に流れ込み
すっかり飢えを忘れさすのだった

しばらくするうちもう一人が
もう帰ったがよかろう ここへ来てから大分月日が経ったから
と突然奇妙なことを言う

大分月日が経っただと？ まだいくらもしないだろうに

しかしこどもに帰れといわれたのだ
しかたなく王質は立ちあがり
何気なく斧を取りあげてみて驚いた

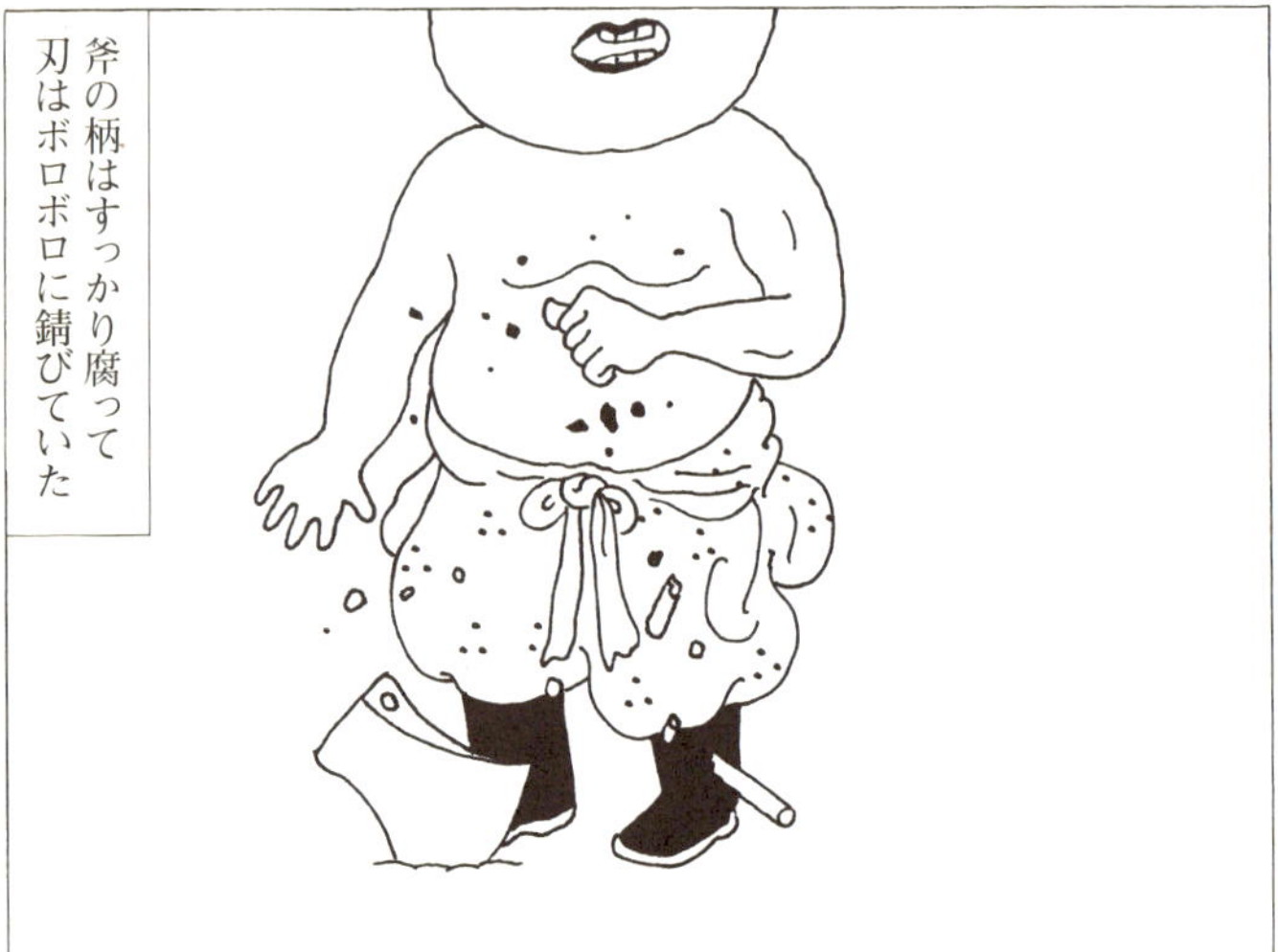
斧の柄はすっかり腐って
刃はボロボロに錆びていた

里へ帰ると
誰一人知ったものがいない
尋いてみると彼が山に入ってから
すでに数百年を経ていたのだった
完『述異記』より

蛇足9

「アルプス一万尺」のメロディーで中国歴代王朝を暗記する法があります。

〽アルプス、イチマンジャーク……っていうアレの、つまり替え歌です。

〽アル　プス　いち　まん　じゃく……サン、ハイ

〽殷《いん》、周《しゅう》、東周《とうしゅう》、春秋《しゅんじゅう》、戦国《せんごく》
秦《しん》、前漢《ぜんかん》、新《しん》、後漢《ごかん》
魏《ぎ》、蜀《しょく》、呉《ご》、西晋《せいしん》、東晋《とうしん》
宋《そう》、斉《せい》、梁《りょう》、陳《ちん》、隋《ずい》
五胡十六《ごこじゅうろく》、北魏《ほくぎ》、西魏《せいぎ》、東魏《とうぎ》、北周《ほくしゅう》、北斉《ほくせい》
隋《ずい》、唐《とう》、五代十国《ごだいじっこく》、宋《そう》、金《きん》
南宋《なんそう》、元《げん》、明《みん》、清《しん》

不思議なことに、何度か歌うと覚えてしまいます。覚えたからどうか？といえば、まァ、どうということはないです。

この物語の衢州《くしゅう》の王質は、晋の時代の人でした。晋の時代はAD三〇〇～四〇〇年くらい、この話の載っている『述異記《じゅついき》』は、『聊斎志異《りょうさいしい》』なんかの書かれたのと同じ康熙《こうき》年間、つまり清代の作です。替え歌の最後の「清」。この間一二〇〇年くらい経《た》ってます。

日本でいうと大和時代から江戸時代。仁徳《にんとく》天皇から赤穂浪士《あこうろうし》くらいの差です。数百年を五、六百年と考えると、大和時代の人が平安時代に戻ってきた計算です。もっとも、中国四千年の歴史からみたら、ほんのチョンの間なんでしょうか。中国人はデカイ数字にあんまりオドロカナイ。

ところで、デカイ数字の覚え方も、実は、アルプス一万尺方式で、私は考えてあります。

「無量大数」というのが名前のついてる一番大きな数ですが、これは10の68乗、1のあとに68コ0がついた数です。それを知っている人も、途中の数は知らないのが普通です。千京の上、なんていうか？　そんなこと、知ってる必要ないからですね。今度は浦島太郎の替え歌です。〽昔々、浦島は、助けた亀《かめ》につれられて……のメロディで、サン、ハイ。

〽一《いち》、十《じゅう》、百《ひゃく》、千《せん》、万《まん》、億《おく》、兆《ちょう》
京《けい》、垓《がい》、秭《し》、穣《じょう》、溝《こう》、澗《かん》、正《せい》
載《さい》、極《ごく》、恒河沙《ごうがしゃ》、阿僧祇《あそうぎ》
那由他《なゆた》、不可思議《ふかしぎ》、無量数《むりょうすう》（無量大数《むりょうたいすう》）

考えてみると、昔の中国人は、なんの必要あって10の68乗までの数に名前をつけたりしてしまったのか、不思議といえば不思議です。因《ちな》みに不可思議というのは10の64乗、以下指数は四つずつ減っていって、万から十までは一つずつ減ってます。

ところで、日本の浦島太郎は、龍宮城《りゅうぐうじょう》で遊び疲れて「おうちに帰りたい」と暇乞《いとまご》い。帰してもらったのでしたが、もどってみると、こは如何《いか》に、元居た家も村も無く、路《みち》に行きあう人々は、顔も知らない者ばかり、になっていました。

太郎はいったい、何年くらい家をあけていたのだろうか？　心細さに玉手箱のフタをあけたら、たちまちお爺《じい》さんになった、のはわかってますが、何歳のお爺さんになったのか、その後、どういった余生をお送りになったのか、一切触れられていません。

私は、この話には、いくつか納得できない点がありました。龍宮城での時間と、地上の時間が違うというのはワカル。それを無学な太郎が理解しないというのもワカル。

しかし、乙姫《おとひめ》様は知っているのである。

なぜ、コトを分けて教えてあげないのか？

しかのみならず、なにゆえ、玉手箱なんていうものを「お土産」に渡したりする？

しかも、それを「決して開けてはいけない」なんて言う？

そんなこと言ったら、ゼッタイ開けますよね。フツウは。

そもそも、太郎は亀の命の恩人です。一万年生きる亀の命を助けた大恩人です。大恩人にこの仕打ちは、如何《いかが》なものだろう？

太郎も太郎で、龍宮城まで、よく息がもつものだ。苦しくないのか？

龍宮城の演《だ》し物と料理に問題はなかったのか？

と、そんなことばかりを思ったコドモの私は、ヘンでしょうか？　ヘンですね。

茶肆の客

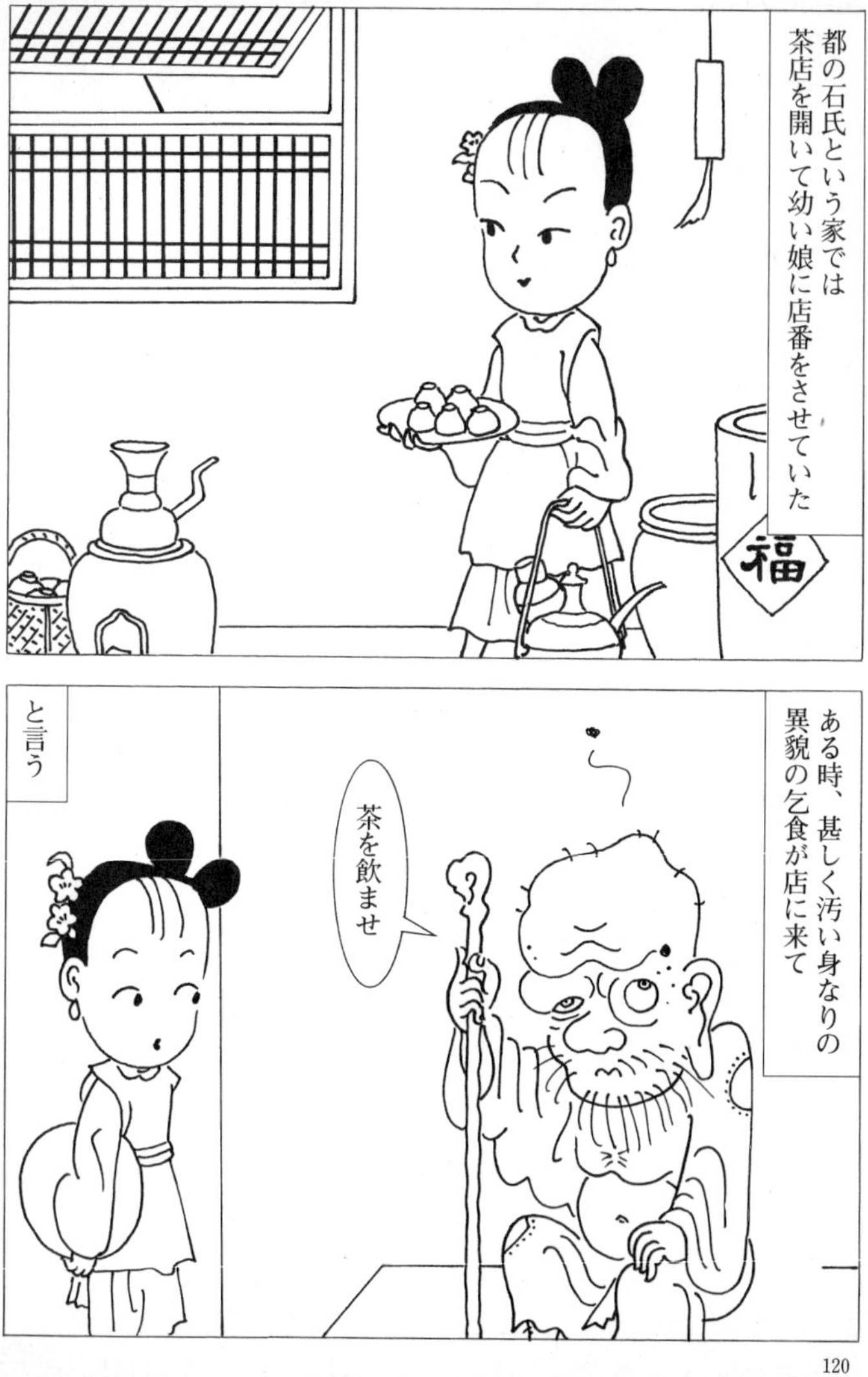
都の石氏という家では
茶店を開いて幼い娘に店番をさせていた
福
ある時、甚しく汚い身なりの
異貌の乞食が店に来て
茶を飲ませ
と言う

娘は快く茶をすすめ
しかもその貧しいのを憐んで
銭をとらなかった

それ以来、乞食は毎日茶を飲みに来て
娘は特によい茶をこしらえてやる

父はそれを知って娘を叱った
あんな奴が毎日来てはほかの客が寄りつかなくなる

それでも娘は今まで通りであったので父は怒って打つこともあった

可ーー！
いつものようにその日も乞食はやってきて

痰を吐き散らしながら娘に尋いた
ペッ！
おまえはわしの飲みかけの茶を飲むか

これには娘もすこし困って
その茶を土間にこぼすと

たちまち一種不思議の
よい匂いがしたので
怪しんでその残りを飲みほした

わしは呂翁《りよおう》という者だ
と乞食は名乗った
おまえは縁がなくて
わしの茶をみんな飲まなかったが
少し飲んでも福はある
富貴か長寿か、おまえの
望むところを言ってみよ
長寿……
と娘が答えると
呂翁はうなずいて去った

気がつくと先刻吐き散らした痰が
そのまま金塊に変わっていた
娘は長じて管営指揮使の妻となり
百二十歳の長寿を保った
完
『夷堅志』より

蛇足10

この物語の原題は「乞食《こじき》の茶」。宋《そう》の洪邁《こうまい》という人の『夷堅志《いけんし》』にある話です。

汚い身なりをした、異相の乞食がやってきて茶をのませというばかりか、代金を払わない、しかも図々しく、それから毎日やってくる。

茶肆の娘は、心やさしいということもあるけれども、ちょっと変わり者でしょう。

「あんな奴に毎日こられちゃ、客が寄りつかない」という父親の考え方は、ごく常識的なものです。

娘はそうした父にあきたらぬものを感じていたと思いますね。私は実は、このコがちょっと好きですね。見どころがあると思う。

普通の考え方というものに、直観的にある種の反発を感じている。意識的ではないけれども、なにかがわかっている。

仙人というのは、たいがい身なりもみすぼらしく、とても立派にみえないヘンな奴として、現われることが多いようです。

非常識で何を考えているのかわからないし、なんだか不気味で、要するに受け容《い》れ難い。普通でない、排除される存在。異物です。

しかし、そういうものを見て、なにかを感取する人がいるんです。いままで自分が持っていた価値観自体を疑い出す人。

でも、娘は呂翁《りよおう》の茶を全部飲まなかった。オヤジの汚い飲みかけのお茶なんて、イヤでふつうです。

呂翁はこのコの「仙骨」に、ちょっと期待したのかもしれませんね、ひょっとすると、タイプだったのかもしれない。が、所詮《しよせん》は、まァ、キラわれてしまった。

それで最後は、長寿と富貴のどちらかをプレゼントということになって、娘は長生きすることを選んだということで終わっています。

漫画で、呂翁の吐いた痰《たん》が金塊に変わっているシーンというのは、実は原作にはありません。が、いくつか読んだ類話の中に、そういうシーンがあって、それがとても強烈に印象に残っていた。

もっとも汚いと思われているものが、もっとも価値のあると思われているものに、いつのまにか変わっている。私はこういう逆転がとても好きなんですよ。

汚い乞食が、実は仙人だった。昔の中国人は仙人を尊敬しています。なぜ、仙人は尊敬されるのか？　というと「不老不死」とかどんなことも可能な「術をもっている」ということになってしまうんですが、私は違う考え方をしています。

私がもっとも仙人を好きなのは、価値をひっくらがえしてくれるところなんです。

霞《かすみ》を食って生きるのも、空中を自由に飛び回るのも、姿をパッと消せるのも、いつまでも若く死なないのも、それはすべて、ワレワレにできないと決まったものだから魅力的なのであって、そんなことが出来るようになりたいと思うわけじゃありません。

仙人になるための本というのがあって、そんなのを読んでいると、なんだかずいぶん、しんきくさいみたいな、みみっちくてケチくさいようなことになってて、ちっとも面白くありません。

私は、この茶肆の娘をけっこう好きなもんで、このコが長じて管営指揮使の妻になっても、のちに呉《ご》の燕王《えんおう》の孫娘の乳母となって、百二十歳の婆《ばあ》さんになっても、やっぱり、ちょっと、人と違うところのある、茶目っ気のある女のコのまんまのところがあったことにしておきたいと思ってます。

新宿駅や上野の山で、ホームレスをしてる人たちを、私はそんなに好きじゃありません。でも、この中に「ほんとは仙人」の人がいるかもしれないな、と思うのは、わりにキライじゃない妄想なんです。

それで、よくチラチラと観察するんですよ、仙人かもしれない人がいないかどうかって、いまのところ、まだ見つかってないんですけどね。

水人形

漢の末ごろ
零陽《れいよう》郡太守の史満《しまん》に一人の娘があった

娘は父の部下の書佐を見そめたのである

女中に言いふくめて
娘は書佐が手を洗った水を
ひそかに持ってこさせて

飲んだ
やがて娘は妊娠をし、子を産んだ

太守は娘に
子の父は誰かと問いつめるが
答えない

その子が歩けるようになった日に

太守は子供を抱いて部下の前に出ると
そっとはなした
この中にお前の父がいるはずだ、そこへ歩いていくのだ

部下たちは
覚えのないことでもあり
一様におどろいた
子供はまっすぐに這って行き
書佐に抱かれようとしたのだ

おどろいた書佐が押しのけたところ
床に倒れたと思うと水になってしまった
完
『捜神記』より

蛇足11

音楽家のチチ松村さんは、クラゲの愛好家である。愛好というより崇拝しているといっていい。流れに身をまかせ、ユラユラと肩の力をぬいたクラゲの生き方に憧《あこが》れているのだといいます。クラゲの肩はどの辺か？　などとまぜかえしても平然とされてます。もう、半分くらいクラゲになっているかもしれない。

クラゲというと、ふつうの人は、海水浴に出かけた折に、こっちは何にもしてないのに、イキナリぷつりと刺すヤツ、として悪感情を持っているでしょう。「そろそろクラゲ出ちゃってるから、もう今年も海水浴は終わりだな」

クラゲ出ちゃってる。というと、クラゲ、それまではどこでどうしてたんでしょう？　不明です。不明でも痛痒《つうよう》は感じていません（さされてなければ）。どうせ「地に足のついてない」「骨なし」の、だから当然「どこの馬の骨でもない」ヤツくらいにしか思っていない。

しかし、クラゲのたゆたう姿は美しい。透明で繊細で優雅、その動きと形、私も称賛するにヤブサカでない者です。だが、クラゲを屁《へ》とも思っていない人同様に、クラゲについて何も知りません。

東京湾の水際《みずぎわ》に住んでいるんで、クラゲが海に浮いているのを私はよく見るんですよ。海はひところよりも、ずっとキレイにはなりましたが、レースのように美しいミズクラゲが浮いてる辺り、かなりガサツな黒い水です。

「ボクが見たのは、たいがい死骸《しがい》でしょう。じっとしてるし、あんな汚い水ですからね」

というと松村さんは声を低くしていうんです。

「いえいえ、そんなことはありませんよ」

「だって、ぜんぜん動きませんよ、グッタリしてますよ」

「グッタリしてるんですよ、クラゲって……南さん、見たんでしょ？　見たんなら、それは…………生きてるんです」

「え？……」

「クラゲは死んだら……姿がのうなってしまうんですよ…………」

クラゲは死ぬと水になってしまうのだそうだ。まわりは水だから、まったく存在がカキ消えるように消滅してしまう。

「いいでしょう、そういうとこも、いいですよ、なんだか……」

というんですよ。なんだか妙な気分。私は話を聞きながら、『捜神記《そうしんき》』にあったこの話を思い出しました。クラゲは水母と書く。『捜神記』巻十一にあったのは「水になった子供」という題でした。

水の子供は、まるで水の母のようではないか。はかないような、不気味なような、ひやりとするような話です。

水子というのは、辞書の語釈では「生まれてあまり日のたたない子」と書かれてあるだけですが、近頃、水子といえば、たいがい亡《な》き者にされてしまった、そういう子供の意味にだけ使われています。

なかったことにして、水に流されてしまった子、という意味。しかもその子は流れてなんていってない、今、あなたの肩のあたりに浮かんでますよ、などといってオドし、金銭をまきあげようというような、不届きな行いの手段になってます。

これにくらべれば、中国の古人の話には、はかない美しささえ感じる。この話は娘を問いつめた太守が、すべてを知って、書佐と娘をめあわせたところで終わっています。

それにしても、ちょっと押しのけたところ「水になってしまう」ところは、ややコワイ。あの生まれたての赤ン坊の、手を触れるのさえ「責任を感じる」ような気分に、この表現はあまりにもピタリとついてます。

あんなに小さな手に、小さな小さな指がついており、小さな小さな爪《つめ》が、ちゃんと精巧に、ほんとにうまいこと一つずつ、ついているから不思議です。

そして、それを触って壊してしまいそうで私は心配なのだ。

人間はたいがい水でできているそうだ。そんなことを聞くと、とても納得できない気もし、また、たしかにそのような気もします。

タクシーを呼びとめて、無賃乗車した幽霊が、いなくなった座席は、屹度《きっと》、グッショリ水で濡《ぬ》れている。という怪談のヘンなリアルさも、あるいは同じ心のはたらきでしょうか？

怪異

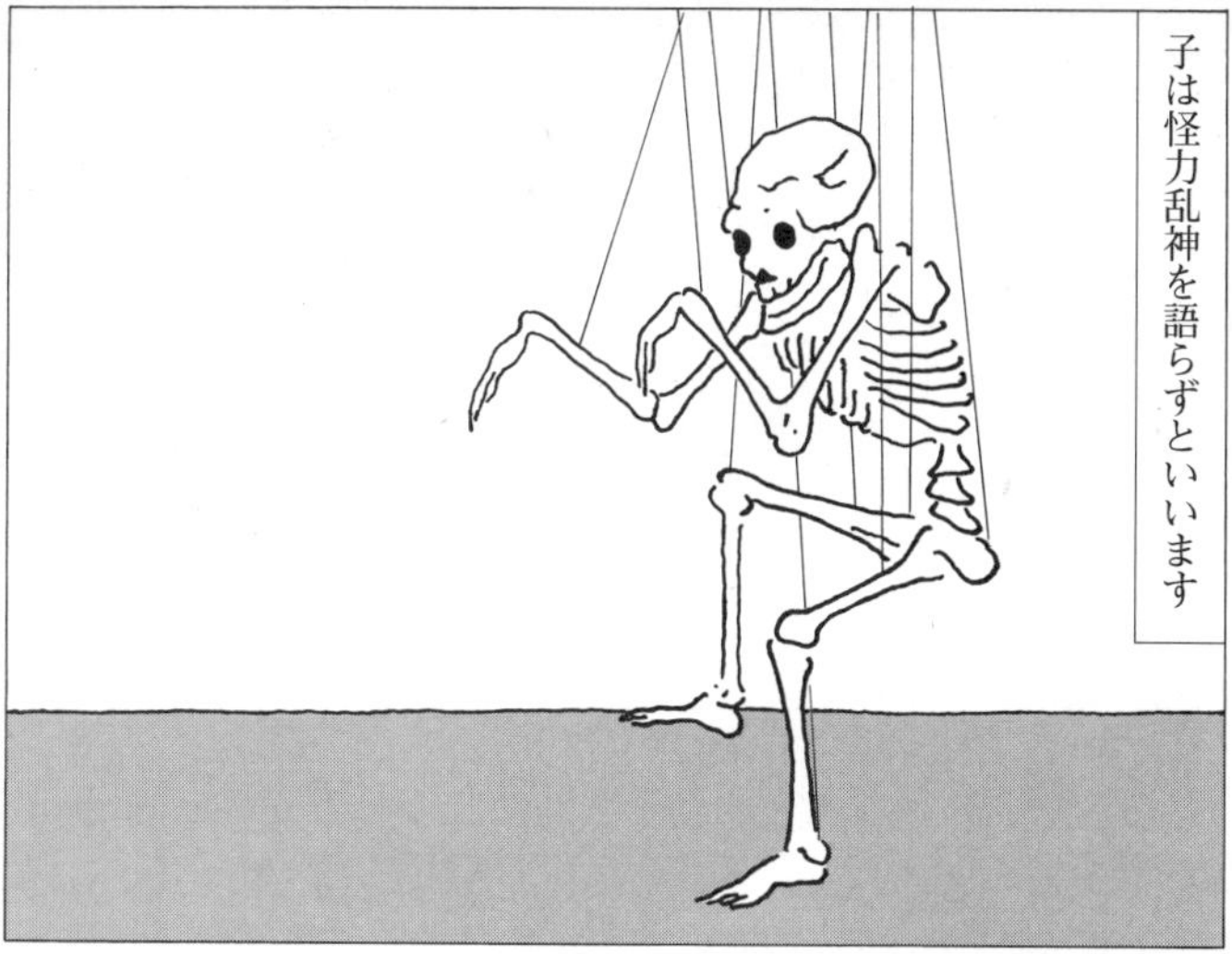
子は怪力乱神を語らずといいます

が、もともと怪異が存在しない
といってるわけでないところが妙味です

少保《しょうほ》の馬亮公がまだ若い頃
燈下で書を読んでいると

突然、窓から

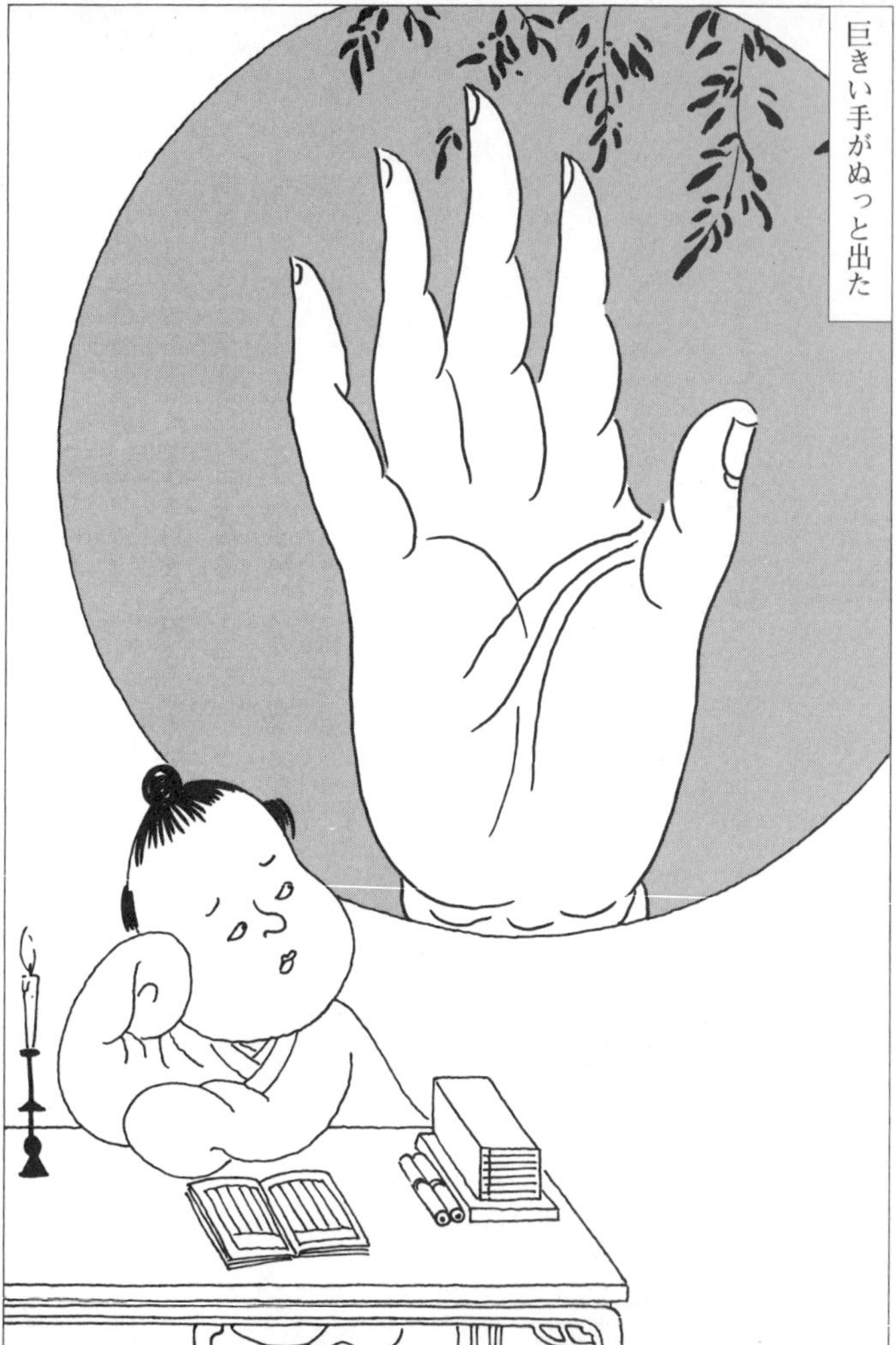

巨きい手がぬっと出た

公が自若として書を読み続けていると
その手は去った

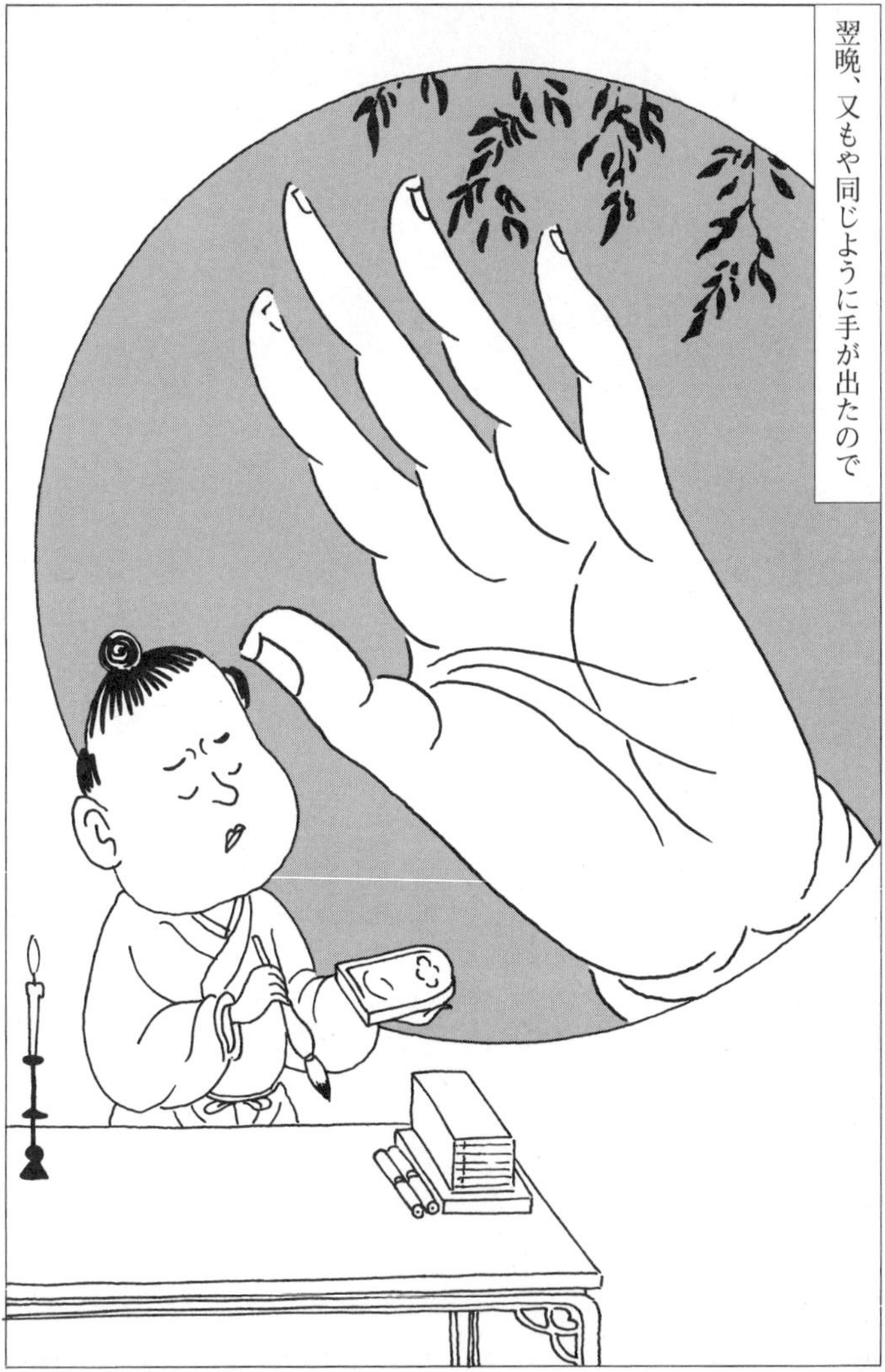
翌晩、又もや同じように手が出たので

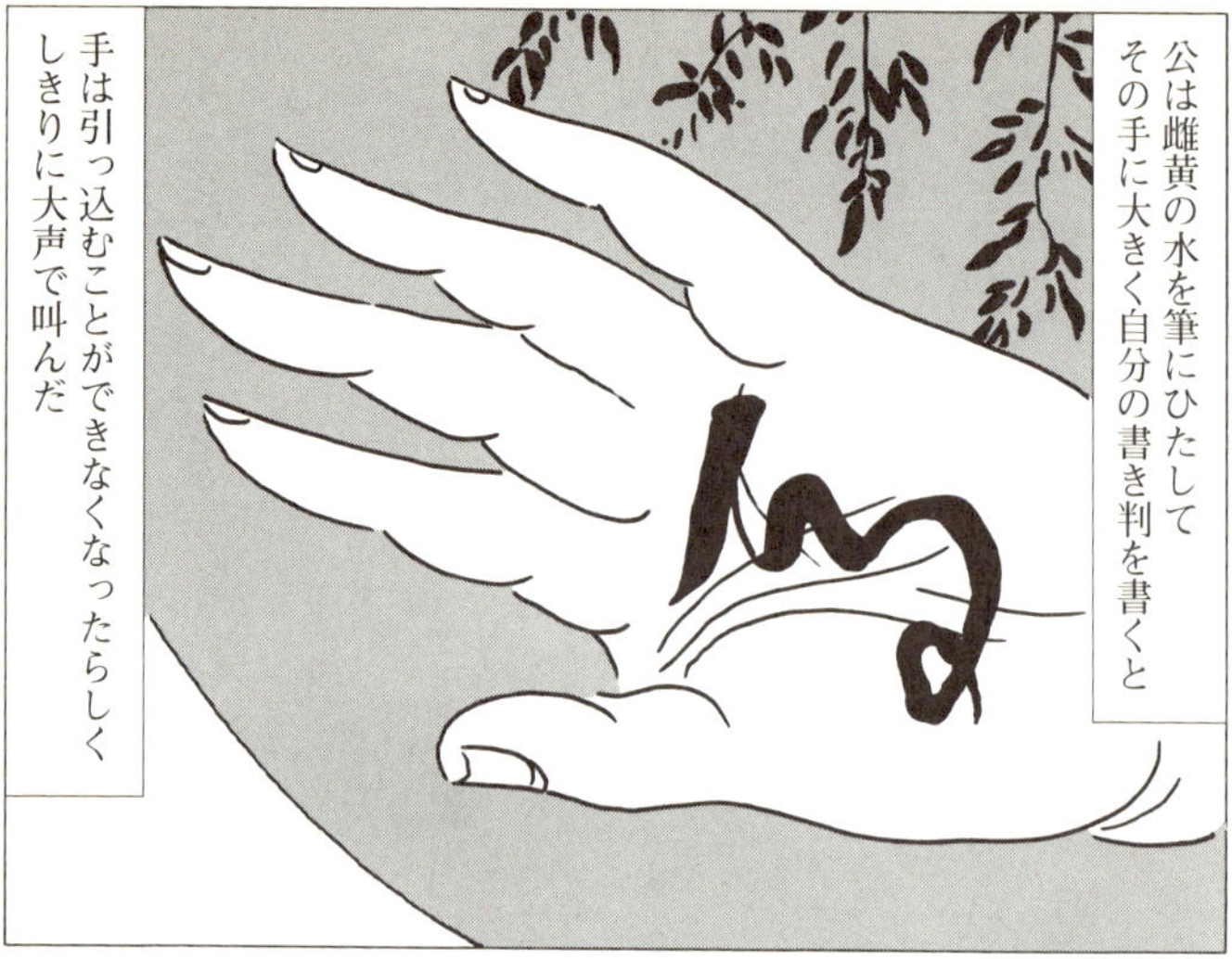
公は雌黄の水を筆にひたして
その手に大きく自分の書き判を書くと
手は引っ込むことができなくなったらしく
しきりに大声で叫んだ

早く洗ってくれ洗ってくれ！さもないとお前のためにならないぞ！
おい！おいこれを洗ってくれ！
たのむから洗ってください
おねがいだから……
もういい加減にゆるしてくださいよう
貴公は今に偉くなる人だからちょっと試してみただけの事です私をこんな目にあわせるのは……あんまりひどい……

公が水でもって洗ってやると
その手はだんだん縮んで消え失せた
果して公は、後に高官に立身したのだった
完
『異聞総録』より

蛇足12

『論語』の述而篇《じゅつじ》に「子は、怪、力、乱、神を語らず」とあります。孔子は怪異、怪力、無秩序、神について議論しなかった。

うっかりすると、孔子という人が、迷信を排した「科学的精神」の持ち主だったのだと思ってしまいそうですが、孔子様、紀元前五五二年の生まれです。つまり二五五〇年前の古代人です。現代の私たちと、同じような意識で、科学的であったはずはないでしょう。実際、孔子は巫祝《ふしゅく》という葬礼のスペシャリスト集団に属する、オカルト超能力関係者だったというのが最近の学問的常識のようです。

が、違う意味で孔子が現代人と非常に近い意識を持っていたと考える人もいます。

『唯脳論《ゆいのうろん》』の養老孟司《ようろうたけし》先生によると、この二五五〇年前の中国人は、すでにして脳化社会の人だった。つまり都市の人だったという認識です。

都市というのは自然を排して、人工の環境をつくること、いいかえれば頭の中を外界に実現したものです。都市の人は闇《やみ》を追いはらうことで安心します。都市の人にとって、もっともコワイのはムキダシの自然です。「自然」というのは、人間の思う通りにはいかないものです、予測のできないものです。「人工」に対する「自然」。人が頭で考えて作り出したものは、頭で理解可能ですが、その脳ミソも含む「人体」そのものや、手つかずの自然というのは、人間にとっては闇です。なにが起こるかわからないオソロシイもの。

これに、どう対するかといえば、なかったことにするということなんでした。つまり、「語らない」ということです。

「女子と小人は養い難し」というのも同じ、女や子供というのは、より自然な存在で、人の作った約束事からハミ出している。

「人体」が自然のものなら「死体」も同様に自然のものです。これは速やかに、なかったことにしなくてはならない。「礼」をもって葬《ほうむ》る、その職業的葬礼集団から出てきた思想家が孔子という人だったわけです。

日本でされる葬式の、こまごましたしきたりも、多く儒教に発したものだそうです。葬式といえば仏教と私達は思うけれども、仏教には本来、葬礼というような考えはなかったのだといいます。

儒教が強大な影響力を持った中国では、その親玉の孔子様が「怪力乱神」を語らなかったということで、「怪力乱神」を語るというのは君子にあらざる者になる、ということを意味します。

しかし、実際にワケのわからないことというのはあるのだし、そのことを考えたり、語ったりしないでいるというのは、文字通り、不自然なことである。

語らずにいられない、というので「志怪《しかい》小説」というのも出るべくして出てきたのでしょう。謎《なぞ》というのは、人間にとっては、娯楽でもあったのじゃないか？　と私は思います。謎は、おそろしいことであると同時に、ワクワクさせる魅《ひ》きつけるものでもあります。

禁じられていたから、余計に弾みもついたかもしれない。中国人は、奇妙な謎のような話を、人一倍好きなようです。

馬亮公の話は、宋《そう》代の怪談集『異聞総録』に収録されたものですが、清末《しんまつ》の点石斎画報っていう絵入り新聞に、おそらくこの話の焼き直しではないかと思える話が載っています。

南京《ナンキン》の街はずれにある蔡《さい》氏の庭の土塀から箕《み》ほどもある手の平がにゅっと突き出た。酒の肴《さかな》の肉を与えると、ひっこんで、外でムシャムシャ食べるようだ。しばらくして、再び手が出てきたので、今度は爆竹に火をつけたのを渡すと、バアーンと爆発して、同時に外でなにかがドッと倒れた。見ると大きな銀杏《いちょう》の木が、まっぷたつに割れていて、折れたところに血が滴《したた》っていた。さては銀杏の木の妖怪《ようかい》であったか、というので、みんなで木を引き抜いて、燃やしてしまった。

と、いうのですが、まァ、あいかわらず妖怪に乱暴です。こうなると、謎の解明とかというよりも、なにかコワガリの逆ギレって感じもしますね。

鼠の予言

魏の斉王芳の正始年間に
中山の王周南《おうしゅうなん》が襄邑《じょうゆう》県の知事をしていた時のこと
王周南、お前は六月十日に
死ぬことになっているぞ

ある日、鼠が穴から出てきて
人間の声で周南に宣言した

周南は人の言葉を話す鼠が不思議で
近くによってそれを聴いた
王周南、お前は六月十日に
死ぬことになっているぞ

鸚哥《インコ》が啼いている
ような声だ
周南が声を聴くばかりで
その言葉にとりあわないので
鼠は穴に帰ってしまった

やがて予告の六月十日
鼠は衣冠をつけてあらわれた

王周南、お前は正午に
死ぬことになっているぞ
周南はやはり声を聴くのみで
その言葉にはとりあわない

鼠はいったん穴に入ったが
また出てきた
出たと思うとまた入った
行ったり来たりしながら
先刻と同様のことを繰り返して言うのである

王周南、お前は正午に
死ぬことになっているぞ

王周南！
お前は……
正午にお前は……
王周南！
王周南！
王周南！聞け！返事せよ！

鼠はついに諦めたように言った
周南、お前が返事をしないなら
俺はなにも、もう言うまい

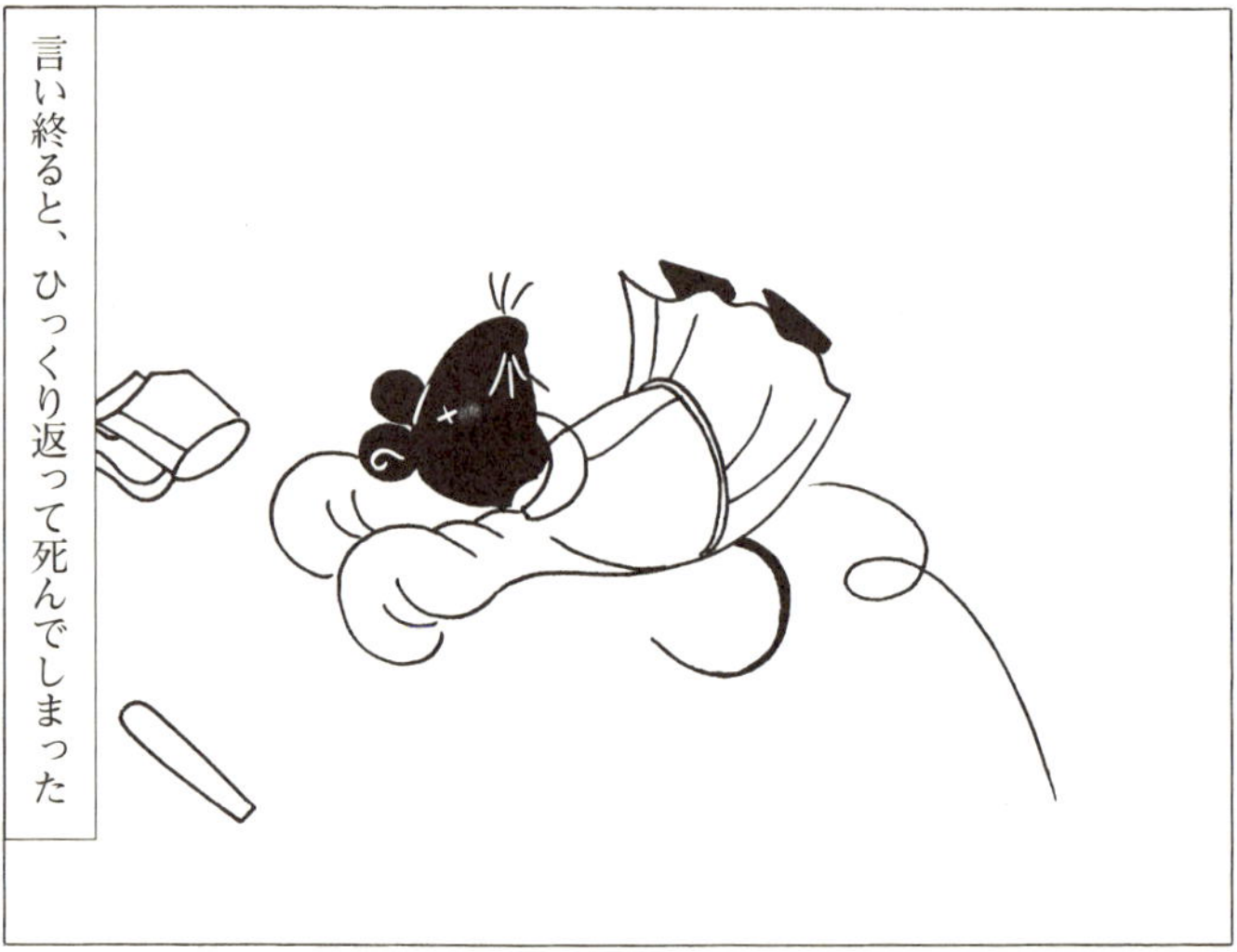
言い終ると、ひっくり返って死んでしまった

身につけていた衣冠はどこかに見えなくなった
ちょうど正午になったところだった
完
『捜神記』より

蛇足13

内田百閒《ひゃっけん》の小説に、丸薬をまるめていると玄関に「小さい人」が訪ねてくる、という話があります。

小説の「私」は、山東京伝《さんとうきょうでん》の弟子なんですが、丸薬をまるめているのだ。「小さい人」は、蟻《あり》だったので、山東京伝に私は叱《しか》られて、お払い箱になってしまう。

小さい動物が、小さい人になったりすることは、昔からちょくちょくあったことらしい。『酉陽雑俎《ゆうようざつそ》』に、ある読書人が、親戚《しんせき》の別荘で、燈下《とうか》深更まで読書をしていると「小さい人」が話しかけてくる、というのがある。

「お一人で寂しかろう」私が話し相手をしましょう、と愛想がいい。読書人がとりあわないでいると、やや語気を強めて、

「お前はなんだ、主人と客の礼儀をわきまえないのか」

と怒り出し、読んでいる本をけなしはじめる。なおも冷然と無視していると、硯《すずり》を書物の上にひっくりかえすなどの狼藉《ろうぜき》をはたらき出した。うるさいので筆でたたくと、床に堕《お》ちて、忽《たちま》ちに姿を消した。

実は、この小さい人は若殿であって、殿様が勉強する読書人に感じいって、彼をつかわして学問の奥儀《おうぎ》を講釈してあげようとしたのだ。それを失礼にも、まるでとりあわないばかりか、若殿に乱暴をはたらき、怪我《けが》までおわせたのは許しておくわけにいかないことである。といって、大勢の小さい人間が、蟻のように蝟集《いしゅう》してきた。読書人の顔までのぼってきた一人などは、「貴様の眼をつぶしてやろうか」などといっておどすのである。

読書人は「夢を見るような心地になって」命令にしたがって、殿様の前につれていかれる。衣冠をつけた殿様は、まっ赤になって、叱りつけた。

「余は貴様が独りでいるのを憐《あわ》れんで、子供を出してやると、とんでもない怪我をさせた。重々不埒《ふらち》な奴《やつ》だ。胴斬《どうぎ》りにするから覚悟しろ」

胴斬りといったって、相手はずいぶんな大男になる計算だが、大男のほうもなにしろ大群に刃向うのは得策ではないと見て、ひたすら謝って許してもらった。

翌日、若殿や殿のあらわれたあたりを、よく調べてみたら、守宮《やもり》の巣があったので、ことごとく焚《た》き殺してしまった。

という、いつもながらの結末である。私は守宮の学問的レベルなんかについても、読書人たるもの、もう少し興味をもってしかるべきと思うのだが、まア、いまこんなことをいっていても、すんでしまったことはしかたがない。もっとも、もう少し平和的な例が皆無というのでもない。『宣室志』にはこんな話がある。

洛陽《らくよう》の李《り》氏の家では、代々の家訓で生き物を殺さないことになっていて、大きな家に一匹の猫も飼わなかった。鼠《ねずみ》を殺すのを忌《い》むが故《ゆえ》だ。

唐の宝応年中（七六二）、李の家で宴会を催した。一同が着席したとき、門外に不思議のことが起こったと奉公人が知らせにくる。

何百匹という鼠の群れが、門の外にあつまって後足で立ち上って、一斉に拍手をしているというのだ。

それは不思議だ。見に行こうというので、主人も客も、残らず出尽して、門の外に見物に出たところで、古くなっていた家が、突然にくずれ落ちた。彼らは鼠に助けられたのだ。

王周南は、鼠をてんで相手にしなかったために命びろいをした。ところが洛陽の李氏は、鼠の芸当を見物に出たことで助かったのである。

中国人は原則主義だそうだけれども、たしかに妖怪《ようかい》のたぐいには原則というのがないのが、お互いに意志の疎通《そつう》しない原因かもしれない。

周南の見た鼠は衣冠はつけたものの、小さな人に変化はしなかった。「小さい人」が見えてしまう人、というのは現代にもあるらしい。副作用がなければ、私も是非見てみたい気がする。

白い娘

兗州《えんしゅう》の徂徠山《そらいさん》に
光化寺という寺がある
一人の儒生がこの寺に部屋を
借りて勉学に専心をしていた
夏のある日のこと
儒生が廊下に出て涼んでいると

不意に
白衣の美人が現れた
年のころは十七、八
見たこともないような美しさである

どこから来たのか
とたずねると
家が山のふもとにありますので
と答えるけれども
ふもとにこんな女はいないはずだった
しかし、そんなことより儒生は
一目でその美しさに心をうばわれ
穴のあくほどに娘を見つめて
しきりに気をひくのであった

やがて月の上がるころ
娘は儒生の部屋にあって
二人は夫婦の契りを交わしたのである

儒生は娘を離したくなかった
離れればそれきりになる気がした
幸いに田舎娘とお見捨てに
ならないのでしたら
いつまでもお情をいただきましょう
でも今晩は帰らなければなりません
そしてまた、きっと参ります
その時はもう、お別れせずに
すむのですから……

儒生は重ねてひきとめた
娘はしかしどうしても承知しない
これを見たらきっと早く還ってくるんだよ
儒生は宝として持っていた白玉の指輪を
与えて約束をさせるのだった

送ってくれるなと娘がいって去ると
儒生は大急ぎに山門へ上り柱のかげから
その後姿を見つめていた
娘が百歩ばかり歩いたところで
突然、かき消えるように見えなくなった

そのあたりは小さな木と
細い草の生えているばかりの平地である
儒生は気も狂わんばかり捜し回ったが
娘の足どりは遂につかめなかった

帰途、儒生は素晴しく大きな
美しいひともとの百合を見つけた

掘りおこし持ち帰って花を活けると
晩の菜に百合根をほぐした
百枚もあろうかと思われる皮を
すっかりほぐした時である

まさしくその白玉の指輪は儒生のものだった
儒生は後悔に鬱々としたあげく
十日後に死んでしまった
完
『集異記』より

蛇足14

今年の夏は極端に暑かった。

人間はゼイタクを言いだすとキリがないな、と思ったのは、昔はクーラーなどなくとも蒸し暑い中をなんとかしのいで寝てしまったものなのに、

「とてもクーラーなしに寝られるもんではない」

と本気で考えていることだ。しかも、そのクーラーをつけてみると、涼しくなったのはいいが、どうも体の節々が痛むようだとか、どうも体がだるくなっていけないとかと、不満をいいだすのだった。キリがない。

クーラーをつけるから、しめきった外のベランダには熱風が充満して植木がぐったりしてしまうのである。これがまた気に入らない。

「なんとかならないのか!?」とかいいながら、如雨露《じょうろ》に水を入れ、朝顔や、さるすべりや、鉄線や、みょうがに水をやるのである。

そんなふうにしていて、ある日、ふとツマが不機嫌なのに気がついた。まだ起きたばかりで怒らすようなことを言ってもいないし、別に粗相はないハズである。

「何故《なにゆえ》に不機嫌なのか？」その理由をツマビラカにしてほしいと、そのように言うと、意外な答が返ってきた。

植木を愛するのもいいが、朝の挨拶《あいさつ》もないうちに、いきなり水やりというのは怪しい。

「何かそういう趣味なのか？」度が過ぎているというのであった。

そういう趣味とは、ある種の趣味の人が、幼児や肥満体や老人にのみ興味を持つ、またある種の趣味人が人形や豚や鶏に執心する。というような意味においてらしい。

朝顔やみょうがや、さるすべりを、そういうふつうじゃない愛情の対象にしているのではないか？　というのだった。

もちろん、そんな趣味の人がいたとしてもほんとうは、おかしくない。『聊斎志異《りょうさいしい》』には菊と結婚する男の話がでてくる。菊の妻には弟がいて、弟の菊は酒好きで、大酒を呑《の》んで酔いつぶれ、枯れて死んでしまったりする。

この漫画の主人公は、白百合を愛したのだったが、それが恋人とは知らずに、晩のおかずにしてしまったという悲劇である。

この話は、九世紀の中頃に著わされた『集異記』という本に出てくる。著者の薛用弱《せつようじゃく》は、弋陽《よくよう》郡の太守という地位にあった人で、その施政は厳格ではあったが残酷ではなかったと記録にあるそうだ。

たしかに、この話など、ずいぶんロマンチックだ。けれども、朴念仁《ぼくねんじん》でない証拠には、美人にあってから、手を出すのがちゃっかり早い。もっとも、話は「体験談」ではなくて、ある儒学生の話だけれども。

植物が美女に変身して、夜半に男を訪れるというような話は、いくらもある。牡丹《ぼたん》や菊のように美しい花からの連想、芭蕉《ばしょう》の葉の、風にゆらぐさまから、翠《みどり》の衣裳《いしょう》をつけた美少女という具合だけれども、たいがい、その恋は成就《じょうじゅ》することはなく、残酷な結末をむかえてしまうことが多いようだ。

きっと、こんな話は、もてない男の妄想から作られたものだろうと、私などとも思うけれども、『鬼趣談義』の澤田瑞穂先生によると、芭蕉の葉の美女というロマンチックな怪談には、人々の共有の幻想があるのであって、まるまる根も葉もない創作ではない、共通の幻想の説話化であろうということだった。

「われわれは、ややもすれば『小説』という名称に誤られて、聊斎ぶりの奇事異聞を、一から十まで筆者の空想捏造文飾《ねつぞうぶんしょく》だと思いがちだが、それはいわゆる志怪小説家の創作力を、いささか過当に買い被《かぶ》っているのではあるまいか」と、お書きになっている。

たしかに、いわゆる創作にないリアリティというのは、長い時間と、多くの人々の脳ミソをくぐりぬけてきた幻想に宿るものだと、私も思う。志怪小説を創作するのは、案外にムズカシイのである。

二本の箒

江淮《こうわい》に婦人があった

欲情の過多な性で
日夜そのことを思いつめて
忘れられない

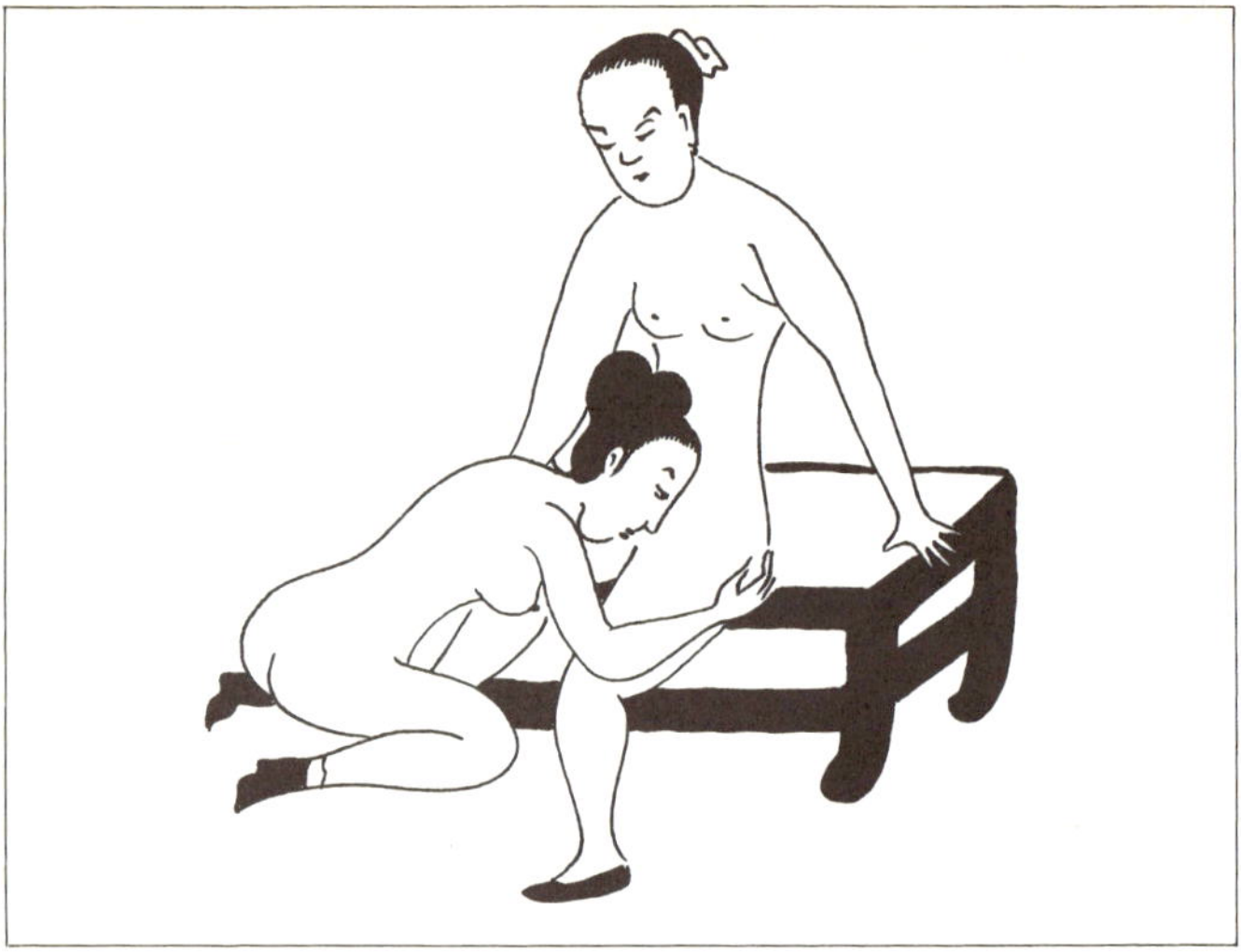

朝晩、酒でまぎらしているのだった

ある朝、目をさますと
すばらしく清らかな
御殿のお小姓のような美少年が
二人立っている

少年は誘われるままに
婦人に抱かれるのだった

ふと気がつくと
それは一本の箒に化していた

婦人は結局

二本の箒を焼きすてたのだった

完 『幽明録』より

蛇足15

この話は『幽明録』という本の中に、「箒の美少年《ほうき》」という題で収録されていたものです。この題では、まるで話の要約のようなので、「二本の箒」としたのですが、よく考えると、なぜ箒が二本でなくちゃいけなかったのか？　不思議です。

江淮《こうわい》のご婦人は、一本目が箒になったところで、もう一本のお小姓のほうも、とりあえず箒にしてみたのでしょうか。

『幽明録』を著わした劉義慶《りゅうぎけい》は、宋《そう》の武帝の甥《おい》、父の劉道憐は長沙王《ちょうさおう》です。側近には、有名な詩人・鮑照《ほうしょう》がいます。

と、さもくわしそうに書きましたが、いずれも大昔の人であって、私は一面識もありません。

劉義慶には『世説新語』という本もあってこちらの方が、一般的には有名でしょう。こちらは志怪に対して志人といわれるジャンルで、つまり人について志《しる》しているわけですが、つまり有名人のエピソード集といったようなものです。

「劉伶《りゅうれい》は、いつも酔っぱらっては奔放にふるまっていた。ときには、着物を脱いで素っ裸で部屋にいる。人がその無礼をなじると、『わしは天地をば我が家とし、家屋をば、わが衣、褌《ふんどし》と心得ている。諸君は、なぜわしの褌の中に入りこんでくるのだ』」

君達が勝手に人の褌の中に入ってくるんじゃないか……「何為《なんす》れぞ我が褌《こん》中《ちゅう》に入《い》れるや……」って読み下し文にすると、さらにバカバカしくていいです。

さて、例によってこの話も乱暴ですね、なにも焼きすてなくたっていい。箒を美少年だと思ったのは、江淮のご婦人の勝手なんですから、百歩ゆずって、箒が化物だったとしても、とりあえず箒としては使えます。

ところで、昔、長《なが》っ尻《ちり》の客があると、箒をひっくり返しに立てて、手ぬぐいでほっかむりをさせたりしましたが、あれはどういうマジナイだったのか……。

昔の箒は、ちょうど人間の身長と同じくらいなので一種の人形《ひとがた》になるのでしょうが、それにほっかむりをさせたものが、なぜ、長居のお客に翻意をうながすことになるのか？　よくわからない話です。

箒はまた、魔女の空飛ぶ乗り物でもあるけれども、この棒状のものにまたがって、空を飛ぶイメージは、仙人のものでもあります。

仙人にとっての一本の青竹は、尸解《しかい》といって、昇仙した時の死骸《しがい》であったりします。棺をあらためてみると、カラリと一本の青竹があるのみで、死体が煙のように消えている、なんていう描写がよく出てきます。

太公望《たいこうぼう》は自分の死期を予告して亡《な》くなりましたが、納棺後、埋葬しようとあらためたときには六冊の書物になっていたといいます。これもなかなかですが、お棺の中に一本、青竹があるだけ……のシンプルさにはかないません。

ところで竹夫人《ちくふじん》といえば、竹または籐《とう》製の長い枕《まくら》状のカゴで、熱帯地方で暑さしのぎに抱いて寝るものです。これを英語でダッチワイフ（オランダ人の妻）といいますが、ダッチワイフを辞書で調べると、

「女性代用人形。等身大で模造の性器までそなえた人形。極地探検などの女性のいないところで男性が使う」と、かなり詳細に説明されています。

二本の箒は、あるいは二人の仙人だったと考えることもできますが、それにしては、ご婦人のあつかいかたがタンパクすぎです。

日本では、枯れて、なまぐさくなったような人を「仙人のようだ」と表現しますが、中国の仙人は、決してそうした方面にヤブサカじゃない。たかが人間のご婦人の欲情過多くらいには、平気でつきあうナマグサさはありそうです。

となれば、この箒、やはり化物になるくらいに年古《としふ》りたものだったのかもしれません。それにしても、そんな珍らしいもの、なぜ、カンタンに焼きすててしまったりするのか、不思議でしょうがありません。

息子の壺

元嘉《げんか》の初めのことである
丹陽郡《たんようぐん》の劉儁《りゅうけい》の家の庭先で

六、七歳の子供が三人
はしゃぎまわっている

大雨の中であるのに
すこしも雨に濡れていないのが
不思議である
何かの物の怪でもあろう
と思って見ていると

急にひとつの壺の奪いあいを始めた

傌が弓でねらいうってみると
壺に命中して

子供たちの姿が、ぱっと消えた

儁は壺を手に入れたので
部屋の棚に飾っておいた

翌日、ひとりの婦人が訪ねてきて
壺を手にとって泣いた

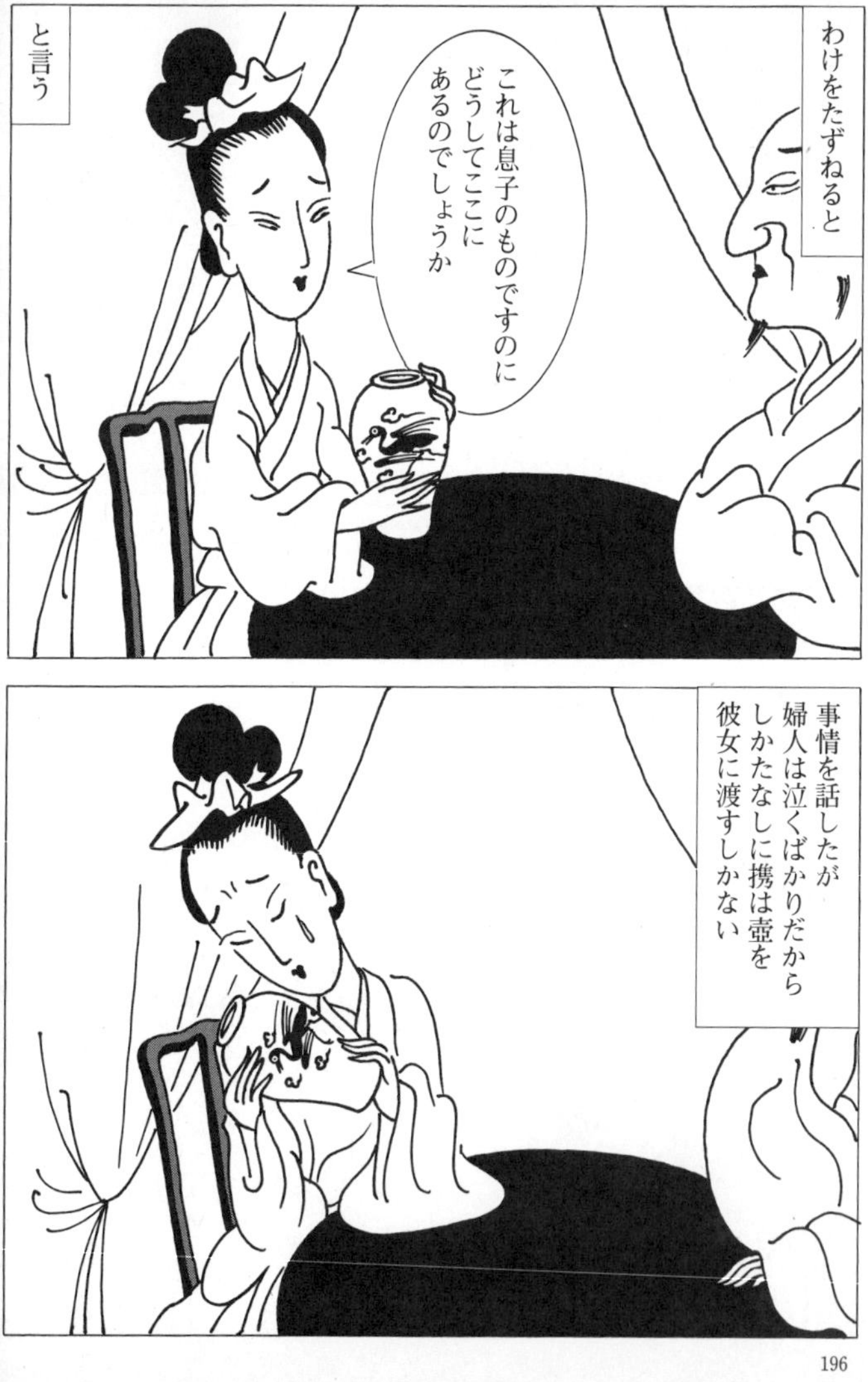
わけをたずねると
これは息子のものですのに
どうしてここに
あるのでしょうか
と言う
事情を話したが
婦人は泣くばかりだから
しかたなしに携は壺を
彼女に渡すしかない

一日おいて
またあの子供が
壺をもってやってくると
さしあげて見せながら
おいらはまた壺を
とりかえしたぞう

と言ってから消えてしまった
汪汪汪
汪汪
完
『幽明録』より

蛇足16

元嘉《げんか》というのは、宋《そう》の文帝の年号。四二四〜五四年のことだから、この話は四二〇年代のことになる。

「二本の箒《ほうき》」と同じ劉義慶《りゅうぎけい》の『幽明録』におさめられた話です。幽明とは、暗いことと明るいこととの意味。幽界と顕界、つまり冥土《めいど》と現世を表わしています。

「幽明界《さかい》を異《こと》にす」というのは、だから死別して住む世界の変わったことを言うわけですが、息子の壺《つぼ》を見て涙した母は、つまり死んだ子供に持たせてやったはずの壺が、他人の持ち物となっていたので泣いていたわけです。漫画では、婦人が壺をもって帰り「息子の墓前に埋めた」という部分を省略しましたが、それは、私が主にこの話の、姿が消えたり、雨に濡れなかったりするイメージに、興味を持って、そちらに焦点がいったためです。

息子たちは、物質感がなく、ちょうどホログラフィかなにかのようなのに、壺だけは矢を射るとカチンと音がする、物体である。

水に入っても水に濡れず、火に入っても火に焼かれない。という表現は、物《もの》の怪《け》や仙人など、人にあらざる人が登場するシーンによく出てくるんですが、この古人にとっては、すこぶる奇怪な様子も「映画に撮ったら、アッケなく実現してしまうんだなァ」と思ったんですよ。

大雨のシーンに、晴れた日の映像を重ね焼きする、業火《ごうか》のなかを、平気で歩く人の映像もこうすればカンタンに出来てしまう。

そうして、そんな映像を見ても、だれも面白いと思わないでしょう。

もちろん、姿がパッと消える。なんていうのもぜんぜんビックリしません。志怪《しかい》や伝奇が「映画化」されないのは、案外こんなこともあるかもしれない。壁をぬけるとか、水たまりから魚を釣り上げるとか、仙人がする目ざましい術の、ことごとくが、「映画的」には、ごく平凡なシーンになってしまうんでした。

志怪や伝奇の世界は、だからアニメーションや映画に向いていない。むしろ漫画や、文章の世界の方が「説得力」があるというのがおもしろい。

ありえないことの起こることが、志怪や伝奇のおもしろいところなんですが、現在のワレワレのメディアでは、そんなことはトックに実現してしまっている不思議なんでした。

ひょっとすると、この時代遅れなところ、バカバカしいような、とぼけたようなところが、私の気に入っているところなのかもしれません。

最後に、漫画の原作が、どの本のどこに載っているのかがわかるリストをあげておきます。末尾の数字は、巻末に掲げた参考文献にふった番号です。②〜⑧の平凡社刊の東洋文庫と中国古典文学大系は、たいていのものは入手可能。①の『中国怪奇小説集』岡本綺堂《きどう》著と⑨の『中国神話伝説集』松村武雄編は、やや入手が難しいかもしれません。

『仙人の締切』列仙伝「修羊公」⑧
『金銀の精』稽神録「金児と銀女」①
『寿命』広異記「自分を占う」④

『四足蛇』稽神録「四足の蛇」①
『夢の通路』三夢記「第一話」⑤
『未来の巻物』定命録「宿命」⑥
『玻璃の中の仙人』酉陽雑俎「壺史」⑦
『柳の人』捜神後記「柳をなめる人」④
『斧の時間』述異記「唐様浦島㈢」⑨
『茶肆の客』夷堅志「乞食の茶」①
『水人形』捜神記「水になった子供」③
『怪異』異聞総録「窓から手」①
『鼠の予言』捜神記「鼠の予言」③
『白い娘』集異記「白衣の娘」⑥
『二本の箒』幽明録「箒の美少年」②
『息子の壺』幽明録「息子の壺」②

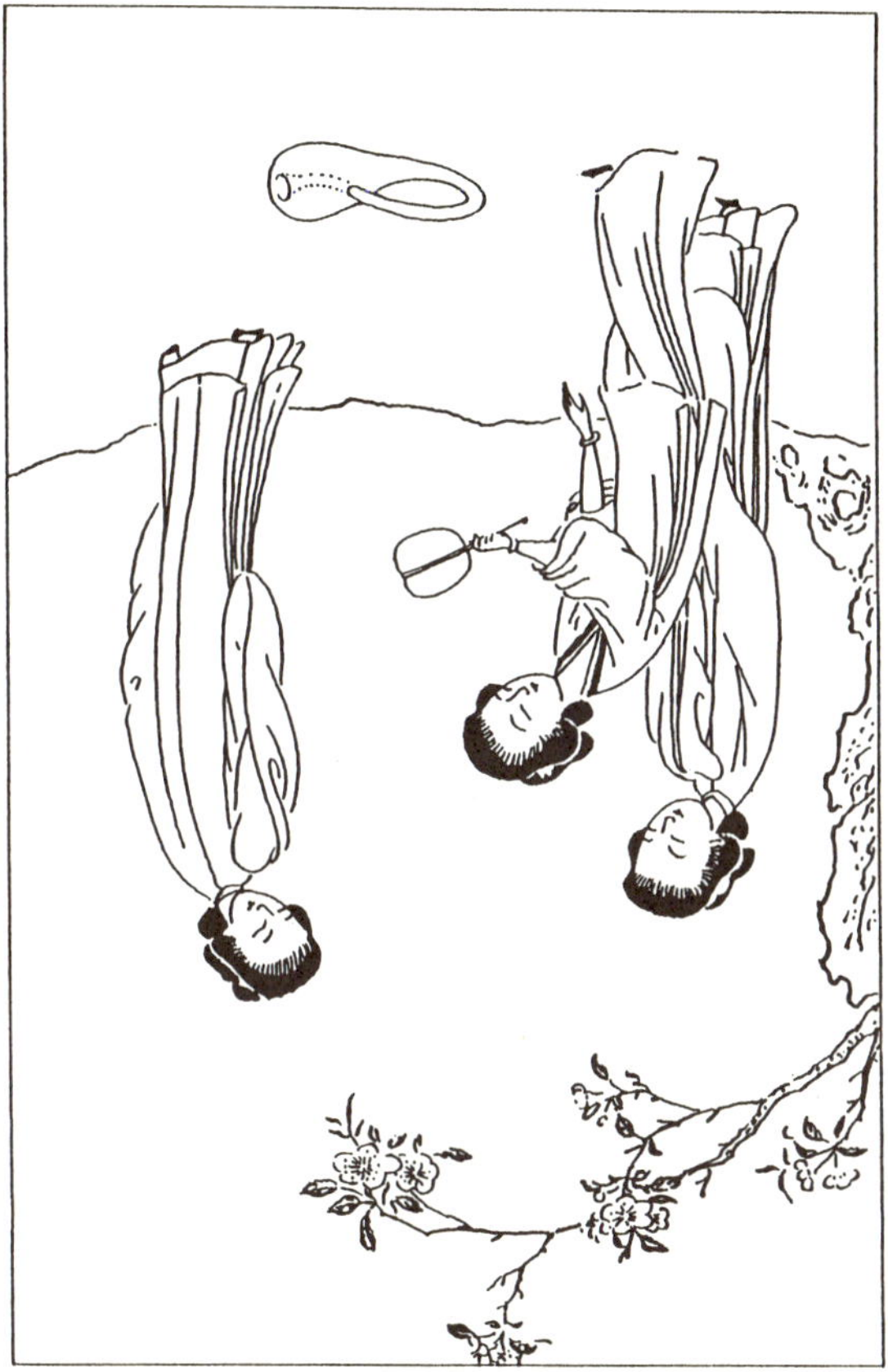

あとがき

壺中の天というコトバがあります。

別世界、仙境を意味すると辞書にあります。出典が要約されているので、『広辞苑』(二版) から引いてみましょう。

こ-ちゅう-の-てん［壺中の天］［漢書］(後漢の費長房が市の役人をしていた時、市中で薬売りの老人が店頭に壺《つぼ》をかけておき、店をしまうとその壺に入るのを見た。老人に頼み一緒に壺の中へ入ると、立派な建物があり美酒佳肴《かこう》がずらりと並んでいたので、ともに飲んで出て来たという故事に基づく)

小さな壺の口を通り抜けると、そこに別世界がひろがっている。楼閣や二重三重の門や二階造りの長廊下がめぐらしてあるお邸《やしき》があり、そして、その外にはさらに景色が広がっている。そこはアナザー・ワールドなのだった。

このイメージに私は、ひどく荒唐無稽《むけい》でありながら、奇妙に懐《なつ》かしいような、不思議に腑《ふ》に落ちる気分があります。

プラネタリウムやアクアリウム、芝居の幕のあく瞬間や、明かるい中庭《パティオ》に抜ける時、坂道を登り切ったところに突然開けるパノラマというような、やはり私の好みのイメージとも重なるけれども、もっとピタリと体についた不思議な気分。

一体何が、このイメージの説得力なんだろう？　と考えて、フト思いついたのは、壺とはつまり頭蓋骨《ずがいこつ》のことじゃなかったか、というアイデアでした。入るはずのない大きなものが、小さな壺に際限もなく入ってしまう。大昔の中国人の考え出したイメージが、現代日本人である自分にピタリとくるのは、脳ミソのカラクリが、共通しているからに違いない。

と、これはまァ、たんなる理屈。そんなことより、なんだかわからないが魅力的な話。奇妙に気になるイメージや、突然中空に放りだされたような面白さにつられて、いつのころからか、中国の志怪《しかい》や伝奇の世界に遊んできて、ついにはそれを漫画の形にしてみたいと考えるようになりました。

この本にまとめたのは、以前『チャイナ・ファンタジー』というタイトルで出した、私のはじめての漫画本と、重なる部分もあるのですが、既に件《くだん》の本は絶版になっており、出版をすすめて下さる方もあったので、このような形にまとめてみました。

タイトルの『仙人の壺』は、収録した漫画の題「仙人の締切」から「息子の壺」までを一括《ひとくく》りにしたズボラな命名でもありますが、私の好きな「壺中の天」のイメージにもダブらせてみたものです。

間にはさんだ、蛇足ぎみの解題は、漫画に慣れない活字の読者にも、親しみを持っていただけたらという気持です。

私は志怪や伝奇の類《たぐい》を単に好きなだけで、漢文がわかるわけでも、だから自分で翻訳のできるわけでもなく、すべて日本語に訳されたものによりました。こういう形で漫画にすることを許可して下さった先生方に御礼申し上げます。

ストーリイには基本的に手を加えていません。私の漫画をキッカケに、志怪や伝奇に興味をもって下さる人がふえれば、という気持です。

本にまとめるのにあたって、新潮社の大森賀津也さん田中愛子さんには、漫画を判型にあわせる作業でお世話になりました。それから水藤節子さんのやさしく、辛抱強い激励にとても助けられました。感謝してます。

参考文献

① 『中国怪奇小説集』岡本綺堂著　旺文社刊
② 『幽明録・遊仙窟 他』前野直彬・尾上兼英他訳　平凡社東洋文庫43
③ 『捜神記』干宝著　竹田晃訳　平凡社東洋文庫10
④ 『六朝・唐・宋小説選』前野直彬訳　平凡社中国古典文学大系24
⑤ 『唐代伝奇集1』前野直彬訳　平凡社東洋文庫2
⑥ 『唐代伝奇集2』前野直彬訳　平凡社東洋文庫16
⑦ 『酉陽雑俎1』段成式著　今村与志雄訳注　平凡社東洋文庫382
⑧ 『抱朴子・列仙伝・神仙伝・山海経』沢田瑞穂他訳　平凡社中国古典文学大系8
⑨ 『中国神話伝説集』松村武雄編　社会思想社現代教養文庫875

前を不思議な電車が通るように——

北村 薫

上

このところ用があって、週の内半分ぐらい、夕方に一回、夜に一回、隣の市まで出掛けます。車で市街地に入ろうとする途中に、踏切があります。今時、珍しい単線の鉄路が、そこで大きくカーブを描いています。行きの時は、円弧の外側から近づき、帰りは円から出るような具合です。

カンカンという警報機の音に、ブレーキを踏む。夜や、夕暮れでも冬だったりすると周囲が暗くなっています。辺りが闇《やみ》に沈んでいる中を、単線であるだけに、身近に迫って見える電車が、目の前を轟々《ごうごう》と通り過ぎて行きます。

昼間だと、さほど感じないのですが、そういう時には、そこだけが明るい電車が、大きなカーブのために、ぶんと振り子を振ったようになり、思いがけないほど近くに寄って来るのです。

眼前に不思議な世界が現れて、消えるように思えてしまいます。こちらの水平面と、あちらのそれは、ずれているのです。電車の中で直立している人を、そのまま取り出したら倒れてしまうでしょう。でも、《あちら》では、それが普通なのです。

冬の夜に、電車の中の光る空間を見ながら、「ああ、内田百閒《ひゃっけん》だ」と思いました。その次の日あたりに、「川上弘美だ」と思いました。すると、目の前を通る、何の変哲もない通勤車両が、途端に魅惑的なものとなりました。

そうしたら、この五月、川上弘美さんの『椰子《やし》・椰子《やし》』（新潮文庫）の解説を南伸坊さんが書いているではありませんか。そこには、百閒が好きで、川上さんも読んでいっぺんに好きになってしまった——と書かれていました。おまけに、その後には稲垣足穂《たるほ》の『一千一秒物語』も並んでいました。途端に、伸坊さんが連結機で、こういう並びの列車を結んだように思えました。

列車の中には、勿論《もちろん》、伸坊さん御自身も入っています。

中

わたしが、伸坊さんの、中国の短いお話を題材としたシリーズに出会ったのは、『チャイナ・ファンタジー』（潮出版社）によってです。随筆や挿絵のお仕事は、勿論、知っていました。しかし、こういう形のものに接したのは初めてでした。一読して、すっかり、興奮してしまいました。一本の線、あるいは余白が、何と雄弁なことか。

仲坊さんは、この『仙人の壺《つぼ》』の「まえがき」で、まず《中国の怪談》の《読んだあとにポンとそこらに放《ほ》っぽらかしにされるような気分》が《ことのほか好き》だと語っています。その《気分》を不思議なゼリーにして固めて、見せられたようでした。

わたしは当時、『謎《なぞ》のギャラリー』（マガジンハウス）というアンソロジーを編んでいました。そこに、『チャイナ・ファンタジー』十四篇の中から、『巨《おお》きな蛤《はまぐり》』『耳中人』『寒い日』を採らせていただきました。ところが、発行日が近づいて来るにつれ、中の一篇が怖くて怖くてたまらなくなりました。それが『耳中人』です。最後の一ページが、この世のものとは思えないのです。

舞台には舞台ならではの、映画には映画ならではの演出というものがあります。本の場合には、最後の一ページをめくって、そこの画面を見た時の、それこそ幕が切って落とされたような効果というものがあります。それでした。――同様に恐ろしいものが、この『仙人の壺』の中にもあります。題名はあげません。読者の皆さんは、ぜひ自分でその怖さを味わって下さい。

さて、『耳中人』ですが、衝撃的だからこそ、採ったわけです。しかし、あまりの凄《すご》さに負けてしまい、とうとう間際《まぎわ》になって、『家の怪』という作品と代えさせていただきました。

著作権の関係で、アンソロジーの内容が変更になるのはあります。しかし、こういう理由で――、というのは珍しいことでしょう。

その『耳中人』は、マガジンハウスから、この夏――遅くとも秋風の吹く頃には出版される『李白の月』という本に収められます。文庫の解説で、他社の本を宣伝するのも異例ですが、形式としてはこの『仙人の壺』と兄弟のような本だということです。

仲坊さんの、このシリーズは食べ始めてしまったピーナッツのように後を引くので、《もっと、もっと！》という方のために御紹介しておきます。

そちらが弟だとすると、兄にあたるこの『仙人の壺』には、単行本に初めて収録される七篇と、『チャイナ・ファンタジー』からの九篇が採られています。

作品が月並みなものだったら、解説に、こう書くのはマイナスでしょう。《何だ、アンソロジーに採られなかった作品が、九つも入っているのか》と思われるからです。しかし、本屋さんの棚の前で、ぱらぱらとめくって見ただけでも、一篇一篇がどうこういうより、《どれもがいいのだ》と分かる筈《はず》です。ベストを選ぼうとしても、おそらく人によって違ってくるでしょう。

わたしも仲坊さんと同じく、中国のこういった話が大好きです。仲坊さんが、参考文献の『中国怪奇小説集』(岡本綺堂)と『中国神話伝説集』(松村武雄)について、《やや入手が難しいかもしれません》と書いているのを見てニンマリしました。うちの本棚には、その二冊が並んで置いてあるからです。例えば、前者には『海井《かいせい》』などという話が載っています。──ある道具屋さんに、底の抜けた桶《おけ》のような形をした、奇妙な品物が置いてある。店の主人も、何に使うものか分からない。老人の客がそれを買う。そして、いう。──これは海井という宝だ。航海の際、海水をうつわにたたえ、中にこれを置けば、《潮水は変じて清い水となる》。

それは便利だと思いますが、老人は《わたしも見るのは今が始め》だといいます。よく確信が持てますねえ。けれども、このお話の世界では、その言葉に間違いはないのです。こういうのが、わたしは好きです。長大な小説の魅力というのもありますが、十数行で終わる、物語の故郷のようなお話を読んでいると、《こういうのだけ読んでいてもいいな》という気になります。

原作と、読み手の間に誰かが入るとそれが創作になります。翻訳も勿論そうで、岡本綺堂の訳したものと、そうでないものとでは別の作品になります。

『仙人の壺』の《創作》の力は、実に見事です。伸坊さんは、日本語訳された原典を《漫画の形に置きかえたにすぎません》と書かれています。そんなことはない。『四足蛇』の最初の二つの場面を、このように夢の舞台を見るように様式化する事など、他の誰に出来るでしょうか。

また、『仙人の壺』にはエッセイが入っています。それが余計なものになっていないのに驚きます。これは想像以上に難しいことでしょう。仲坊さんの作品は、間に言葉を入れられるようなものではありません。わたしも、あれこれ言葉を並べていますが、本来、無地の布の上に置かれて、それだけを眺めるものだと思います。

実際、わたしには、ある画集が欲しいと思っていて手頃なものが出たのに、どうしても買えなかった経験があります。純粋に、その《絵》を見たいと思っているから邪魔で仕方がない。見まいとしても、それが見えてしまう。絵の反対側のページに文章が載っているのです。買ってから切って、片側だけ見ればいいのですが、本に対してそんなことは出来ない。残念でした。

自作に添える文章でも、この作品の場合、そうなる危険性は大きかったと思います。冒険でしょう。それが軽々とクリアされて、蛇足ではない、どちらを読んでも魅力的な本になっています。

下

最後に、それこそ蛇足なのですが、「まえがき」で仲坊さんは、『山月記』の《もとになった『宣室志《せんしつし》』の「虎《とら》と親友」》——と書いていらっしゃいます。これが、ちょっと違うのです。

前野直彬《なおあき》氏訳のこのあたりのものは、いずれも平凡社から、まず『中国古典文学全集6　六朝・唐・宋小説集』が昭和三十四年に、続いて唐代のもののみをまとめた『東洋文庫2・16　唐代伝奇集』が昭和三十八・九年に、さらに『中国古典文学大系24　六朝・唐・宋小説選』が昭和四十三年に出ています。

仲坊さんは、この『全集』本を最初に読まれたのではないかと思います。その解説に、《中島敦が『宣室志』の「虎と親友」によって『山月記』を書いたことなどは、あらためて指摘するまでもなかろう》と書かれているからです。

わたしも学生の頃、ここを読んで《そうか》と思いました。ところが、そうだとすると、『山月記』に出て来る詩の出典などの説明がつかない。実は、中島敦がもとにしたのは微妙に違う別系統の話、唐の李景亮撰「人虎伝《じんこでん》」なのです。内容からいってもそうだし、中島のノートにも「人虎伝」と書かれているので、動かないところです。

前野氏もそれを指摘されたのでしょう。最後の『大系』本の解説では、同じ流れの中で、《たとえば芥川が『杜子春《とししゅん》』を書いたように、志怪・伝奇に取材した作品が幾つか書かれている》と、『山月記』のくだりをカットしています。しかし、すでに出版してしまった本は直せない。書き手にとっては、つらいところです。

勿論、これは仲坊さんの論旨に影響を与えるものではありません。ただ、誰か細かいところをつつく人がいて（あ、わたしか）、《それは違うんじゃないの？》などと出て来られるのも嫌なので、この機会に書き添えておきます。

——仙人は、そんなこと、気にしないんですけどね。

（二〇〇一年七月、作家）

この作品は一九九九年一月新潮社より刊行された。

芥川龍之介著

羅生門・鼻

王朝の説話物語にあらわれる人間の心理に、近代的解釈を試みることによって己れのテーマを生かそうとした〝王朝もの〟第一集。

芥川龍之介著

地獄変・偸盗《ちゆうとう》

地獄変の屛風を描くため一人娘を火にかけて芸術の犠牲にし、自らは縊死する異常な天才絵師の物語「地獄変」など〝王朝もの〟第二集。

芥川龍之介著

蜘蛛《くも》の糸・杜子春

地獄におちた男がやっとつかんだ一条の救いの糸をエゴイズムのために失ってしまう「蜘蛛の糸」、平凡な幸福を讃えた「杜子春」等10編。

芥川龍之介著

河童・或阿呆《あるあほう》の一生

珍妙な河童社会を通して自身の問題を切実にさらした「河童」、自らの芸術と生涯を凝縮した「或阿呆の一生」等、最晩年の傑作6編。

芥川龍之介著

侏儒《しゆじゆ》の言葉《ことば》・西方《さいほう》の人

著者の厭世的な精神と懐疑の表情を鮮やかに伝える「侏儒の言葉」、芥川文学の生涯の総決算ともいえる「西方の人」「続西方の人」の3編。

中島　敦著

李陵・山月記

幼時よりの漢学の素養と西欧文学への傾倒が結実した芸術性の高い作品群。中国古典に取材した4編は、夭折した著者の代表作である。

仙《せん》人《にん》の壺《つぼ》

新潮文庫　み－29－4

平成十三年九月一日発行

著者　南《みなみ》　伸《しん》坊《ぼう》

発行者　佐藤隆信

発行所　株式会社新潮社

郵便番号　一六二―八七一一
東京都新宿区矢来町七一
電話　編集部(〇三)三二六六―五四四〇
　　　読者係(〇三)三二六六―五一一一

価格はカバーに表示してあります。

乱丁・落丁本は、ご面倒ですが小社読者係宛ご送付ください。送料小社負担にてお取替えいたします。

印刷・株式会社光邦　製本・株式会社植木製本所

ISBN4-10-141034-8 C0195